우주의 집

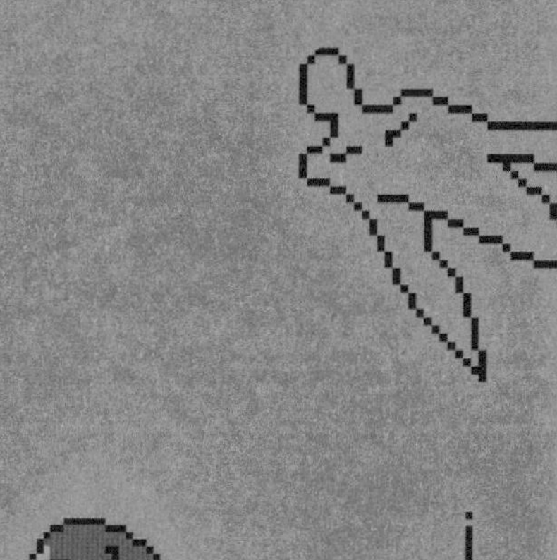

우주의 집

한낙원과학소설상 수상 작가 작품집

최영희

고호관

윤여경

문이소

남유하

지음

사계절

차례

완벽한 꼬랑내

문이소

어머나, 7시 15분? 토요일인데 이렇게 일찍 일어나다니, 작심삼일을 시작하라는 계시군.

다들 자고 있어서 조용히 나왔다. 가을은 가을인가 보다. 호수공원까지 왔는데도 땀 한 방울 안 난다. 명색이 다이어트 첫날인데 땀은 좀 흘려야 되지 않을까?

나는 뛰기 시작했다. 조금만 더 빨리, 조금만 더! 내 숨소리가, 심장 소리가 하늘과 땅 사이를 꽉 메운다. 쫙, 쫙, 쫙, 혈관을 내달리는 핏소리가 들리는 것 같다. 아, 힘들어. 그래도 기분은 좋네.

나는 운동화를 벗고 잔디밭에 벌렁 누웠다. 어, 강아지다! 비글 한 마리가 쫄랑쫄랑 다가온다. 어떡해, 너무 예뻐! 그런데 좀 말랐다, 배는 통통한데. 그것 빼곤 재롱이랑 닮았다. 킁킁, 킁킁. 비글은 내 운동화 냄새를 맡더니 발냄새도 맡는다.

"얘, 내 꼬랑내가 그렇게 좋아?"

고개를 갸웃, 아니 끄덕인 건가? 손바닥을 내미니 바짝 다가와 킁킁댄다. 머리를 쓰다듬으니 귀를 발딱 젖히고 꼬리를 살랑댄다. 머리맡으로 다가와 내 정수리 냄새도 맡는다. 비글 목에서 나비 모양 목걸이가 달랑거린다. 고개를 숙이자 펜던트가 내 이마에 닿는다. 어우 야, 이마 좀 그만 핥아. 퍼벅, 퍽!

"아얏, 야!"

비글이 내 이마를 밟고 뛰었다! 아파하는 날 빤히 보며 분홍색 혀를 쏙 내밀고 꼬리를 부웅 붕 돌린다. 아이고, 요 예쁜 것! 언니랑 놀고 싶었어요? 내가 일어나려 하자, 내 운동화 한 짝을 물고 냅다 달린다!

"으아, 비글 주인! 얘기가 내 운동화 훔쳤어요!"

비글은 벌써 저만치 갔다. 아니 개 주인은 어디 간 거야? 공원에 올 때는 목줄을 해야 할 거 아냐! 난 남은 운동화 한 짝을 들고 양말발로 쫓아갔다. 미치겠네. 지나가는 사람들이 대놓고 깔깔댄다. 신나게 뛰던 비글은 멈추더니 날 돌아본다. 꼬리를 살랑살랑. 아이, 착하다. 이리 온? 손에 꼬리가 닿을락 말락 하자 다시 후다닥! 따라잡으면 저만치 가고, 다시 따라잡으면 또 저만치 가고! 애타게 부르짖어도 비글 주인은 안 보인다.

비글은 공원과 이어진 뒷산으로 올라갔다. 혹시, 주인이 이 근처에 쓰러져 있나? 그래서 나 따라오라고 일부러 저러는 거 아냐? 산책로를 벗어나 숲속으로 들어가니 자그마한 공터가 나왔다. 비글은 내 운동화를 내려놓고 덤불 사이로 쏙 들어간다. 뭐야, 진짜로 주인이 저기에 쓰러져 있는 거야?

"비글 주인분, 괜찮으세요? 도와드릴까요?"

[난 괜찮소. 완벽한 꼬랑내의 인간이여.]

"어, 어디 계세요? 비글 주인분, 잘 안 들려요!"

[그대의 꼬랑내처럼 정직하고 열정적인 생의 냄새는 처음이라오. 우리 대화 좀 합시다.]

"저기요, 비글 주인! 소리는 들리는데 어디 계신지 안 보여요."

[동물이 말을 하면 좀 들으시오, 인간!]

"네?"

비글이, 좀 전까지 내 운동화를 물고 뛰었던 그 강아지가 내 앞에 떡하니 버티고 섰다.

[내 귀하에게 긴히 할 말이 있소. 게 앉아 보시오.]

까딱, 비글이 고개를 흔든다. 앞발로 땅을 톡톡 두드리면서.

"지금 나한테 말한 게……?"

[말을 한 건 아니오. 난 인간의 발성 기관을 갖고 있지 않

거든. 아까 귀하 이마를 밟으면서 젠더를 붙였다오. 그걸 통해서 내 생각을 뇌에 직접 전달한 거요, 텔레파시처럼.]

"잠깐, 잠깐만! 개, 개가 사람…… 그니까, 네가 사람 말을 한다고?"

이마를 만져 보니 진짜 뭐가 붙어 있다. 비글이 달고 있던 나비 모양 펜던트……? 진짜?

[어허, 귀한 물건이오! 그리 잡아 뜯으면 아니 되오. 귀하가 당황한 건 알겠으나, 잠깐, 게 서시오!]

이번엔 내가 냅다 달렸다. 운동화가 문제냐, 난 지금 미친개한테 쫓기고…… 어, 어, 왜 이래? 왜애앵, 귓속에서 소리가 난다. 뭐야, 왜 땅이 막 올라오……. 꽈다당! 하늘이 빙글빙글 돈다. 어지러워서 못 일어나겠어. 어쩌지? 비글, 비글이 달려온다.

"저리 가, 훠이! 저리 가라고!"

[이게 감각 기관을 거치지 않고 뇌의 신호 체계에 강제 간섭을 하는 것이라 부작용이 있소. 잠깐 쉬면 괜찮아질 게요.]

비글은 내 주위를 맴돌며 끙끙거렸다. 좀 있으니 어지럼증이 사라졌다. 대신에 비글이 뻗어 버렸다!

"비글아, 넌 또 왜 그래?"

[너무 오랜만이라…… 더 이상은 무리……. 제발 가지…… 말고…… 도와…….]

비글은 축 늘어졌다. 헥헥거리며 가쁘게 숨을 몰아쉰다. 뭐야, 어쩌라고? ……어쩌긴, 이 틈에 도망가야지! 그런데 입이 벌어지고 혀까지 늘어졌는데도 나를 보며 힘겹게 꼬리를 흔드는 모습이…… 재롱이. 6학년 때 재롱이가 저랬어. 신장병에 걸려 죽어 가면서도 내 냄새를 맡자 꼬리를 흔들며 인사했는데, 난 도망쳤잖아. 죽어 가는 모습이 징그러워서, 무서워서 재롱이를 혼자 뒀잖아. 그래서 더 울었잖아, 바보처럼. 이번엔 도망 안 가! 재롱이한테 미안해서라도 못 가!

"비글아, 내가 병원에 데려다줄게! 걱정하지 마!"

비틀비틀, 일어서더니 힘겹게 고개를 젓는다. 다시 픽, 쓰러진다.

"병원 안 된다고?"

끄끙, 끄으응. 눈물이 그렁그렁하다. 에잇, 나도 몰라!

"알았어. 우리 집 가자."

비글은 꼬리를 살랑대더니 눈을 감는다. 영 못 일어서겠나 보다. 안고 가야겠네. 헉, 얘 완전 무거워! 얼마 안 걸었는데 벌써 팔이 후들거린다. 허리도 당기고 목도 뻐근하다. 다리가 풀려서 계단 내려오다 넘어질 뻔했다. 잠깐 쉬려고 앉았더니 내 팔을 꽉 붙잡고 안 놓는다. 버리려는 거 아닌데……. 아, 콧물. 난 눈물보다 콧물이 먼저 나더라.

"우리 언니가 말이지, 공부머리는 있는데 인정머리가 1도 없어요. 바늘로 찌르면 허연 피가 나온다니까. 혹시라도 마주치면 최대한 불쌍한 척해라. 무슨 말인지 알지?"

내 비장함을 알아챘는지 비글이 고개를 끄덕인다. 삐빅, 삐이이익, 철컹. 문 열리는 소리가 왜 이렇게 크냐.

"사공태순, 왜 전화 안 받……."

우다다닷, 비글이 언니한테 달려든다!

[이런, 내 참을 수가 없구려. 귀하만큼이나 훌륭한 꼬랑내요! 그대들의 유전자는 대체 뭐란 말인가.]

비글은 꼬리를 살랑대며 언니를 올려다본다. 재롱이가 무지개다리를 건넜을 때, 언니는 사흘 내리 굶고 울기만 했다. 다시는 개 안 키운다 했는데, 당장 내쫓는 건 아니겠지? 언니가 천천히 쪼그려 앉았다. 비글도 언니를 마주보며 앉는다. 으어, 숨 막혀.

[걱정 마오, 이미 나에게 푹 빠진 눈빛이오. 귀하 이마에 붙은 젠더를 3초간 꾹 눌러 보시오. 그럼 떨어질 거요. 양 끝을 잡고 비틀면 두 조각으로 분리된다오. 각자 한 조각씩 이마에 붙이시오.]

"허, 진짜 세모 두 개로 나뉘네. 언니, 이거 이마에 붙여 봐."

"너랑 같이 바보짓 하자고?"

"'이걸 붙이면 새로운 세상을 경험하게 될 것이오.'라고 얘가 말했어."

"치워."

"한 번만 속아 줘라. 오늘 설거지 내가 다 할게."

"……치우라고."

"언니 방금 망설였지? 이거 붙이면 빨래도 내가 한다."

언니는 입을 댓발 내밀고 젠더를 이마에 댄다. 꾸욱 누르자 맨살에 착 달라붙는다.

[반갑소이다.]

"사공태순, 이게 무슨 소리니?"

나는 비글을 바라봤다. 꾸벅, 비글은 예의 바르게 고개를 숙인다.

[인사드리오. 나는 메이, 보시다시피 텔레파시 능력이 있고 인간의 언어를 사용할 줄 아오.]

언니는 귀를 막고 아아, 아아아 소리를 냈다. 전교 1등도 별거 없네.

"언니야, 소리가 아니라 요 젠더로 뇌에 직접 전달되는 거래."

끔벅끔벅, 언니가 나랑 메이를 번갈아 쳐다본다.

"진……짜? 진짜로 그쪽이 말하는 거예요?"

[그렇소. 믿기 힘들겠지만 사실이오. 나는 이 능력 때문에 쫓기고 있다오.]

"쫓겨요? 혹시 어디 실험실에서 탈출한 건가요?"

메이는 고개를 끄덕였다.

[태어나 보니 실험실이었소. 난 거듭된 유전자 개량으로 태어난 개체로 인간 수준의 지능이 있었소. 혹독한 훈련 끝에 인간의 언어를 체득했고, 몇 번의 수술을 받아 이 능력이 생겼지. 그들은 한껏 고무되었소. 나와 같은 능력이 있는 개가 더 필요했지. 해서 내 복제견을 만들었지만, 나 같은 능력을 가진 개체는 없었소. 그들은 내 능력이 유전되게 만들어야만 했고, 결국은 내 몸에서 자손을 보려 했다오.]

"와이 씨, 그런 데서 어떻게 살았냐. 하마터면 강제로 임신까지 할 뻔했잖아."

순간, 정적. 그리고 한숨. 꼿꼿하게 등을 세우고 앉았던 메이가 옆으로 눕듯이 고쳐 앉는다. 숨을 쉴 때마다 배가 오르락내리락한다. 마른 몸에 비해 볼록한 배. 언니랑 나랑 눈이 마주쳤다. 이……런.

[세 개의 수정란이 착상되었다 들었소. 이것들도 나처럼, 나에게서 나온 자매들처럼 그리 살겠구나 생각하니 참을 수가 없더이다. 어떤 생명이 그런 생을 원하겠소? 임신을 하자 건물 밖으로 산책을 시켜 주더군. 덕분에 도망칠 수 있었지. 어디로 가야 할지 몰랐으나 무작정 달렸소. 내 평생 바깥 구경은 처음이었거든. 사람이 없는 곳으로, 어두운 곳으로. 열다섯 번의 밤을 보내며 여기까지 왔다오.]

메이는 덤덤했는데 나는 그러질 못했다. 크흡, 콧물 또 먹네. 언니도 손등으로 콧물을 훔친다.

"메이, 있고 싶을 때까지 우리 집에서 지내요. 부모님은 제가 설득할게요."

"에엥? 언니야, 진짜?"

[고맙소. 한데 내가 도움을 청할 것은 따로 있다오.]

"뭔가요?"

[은인을 만나야 하오. 이름은 이동진, 탈출을 도와준 은인이오. 헤어질 때 신월동으로 오라고 했소. 도와주시겠소?]

"신월동이면 바로 옆 동네인데. 딴 건 아는 거 없어?"

[아, '똥이 진리'란 말을 꼭 기억하라 했소.]

"방법을 찾아볼게요, 일단은 좀 쉬어요. 태순아, 메이 옆에 있어. 난 마트에 다녀올게."

메이는 구석으로 가 몸을 동그랗게 말고 누웠다. 개도 사람처럼 입덧도 하고 막 그런다던데, 도망치는 동안 뭘 먹고 살았을까? 왔을 때 밥부터 챙겨 줄걸. 가만히 메이 옆으로 가 앉았다. 아깐 몰랐는데 무진장 꾀죄죄하네. 깨면 목욕부터 시킬까? 살살 등을 쓰다듬는데 갑자기 몸이 빳빳해지며 벌벌 떤다! 끄어엉, 캐갱, 캥, 캥! 비명 같은 신음 소리가 멈추질 않는다.

"괜찮아, 이제 괜찮아. 괜찮아, 쉬이이……."

개도 가위에 눌리나, 눈을 뜨고 싶은데 안 떠지나 보다. 손가락으로 살살 머리를 쓰다듬었다. 실눈으로 나를 보더니 쌕쌕, 숨을 고르며 다시 잠든다. 손가락 끝에 무언가가 걸린다. 정수리를 따라 둥글게 이어진 흉터. 발발발 떠는 메이에게 무릎 담요를 덮어 줬다. 자꾸 눈물이 난다. 어느 결에 들어온 언니가 휴지를 건네며 손짓한다. 뭐, 언니 방으로?

언니 방에 들어가는 건 언니가 고등학생이 되고 처음이다. 핵멍청 바이러스 옮는다고, 악성 게으름균 묻는다고 문고리도 못 잡게 했는데 말이다.

"그만 두리번대고 앉아."

하나뿐인 의자는 당연히 언니 자리다. 난 바닥에 앉았다. 언니를 우러러보는 자세라니.

언니 방엔 침대가 없다. 침대보단 책상이 좋다며 침대를 치우고 침대보다 큰 책상을 방 한가운데에 놨다. 뭘 그렇게 읽어 대며 사는지 한쪽 벽이 다 책장이다. 책상 위엔 노트북, 스탠드, 독서대. 방바닥은 핥아도 될 정도. 으, 정 떨어져.

"사공태순, 내 방은 메이가 쉬기에 적합하지 않다고 본다."

"숨을 데도 없어, 언니 방은."

"내가 네 쓰레기장을 청소할까 생각했으나, 갑자기 깨끗해지면 부모님이 수상하게 여기실 테니 청소는 하되 정리를 하지 않기로 했어."

"청소랑 정리가 달라?"

언니는 대꾸도 안 하고 가정용 에탄올이랑 생리 식염수를 섞어 소독액을 만든다. 알코올 70퍼센트가 살균력이 좋다며 깔대기에 비커랑 스포이드까지 동원한다. 내 방 구석구석, 옷과 이불, 침대, 의자까지 몽땅 다 뿌리란다. 그러고는 마트에서 사 온 강아지 물품을 꺼내더니 성분표를 읊어가며 사용법을 설명한다. 먹고 싶을 때 먹게 하고, 마려울 때 싸게 하고, 가끔 씻기면 되는 거 아닌가?

"사공태순, '똥이 진리'가 무슨 뜻이니?"

"그걸 왜 나한테 묻냐?"

"그런 지저분한 건 네가 더 잘 알 것 같아서."

"아, 뭐래. 이동진이니까 똥진이고 그러니까 똥이 진리겠지."

언니는 동진, 똥진, 진리, 베리타스…… 하며 검색 엔진과 SNS를 바닥까지 뒤졌다. 문득 언니 손이 멈춘다. 왼쪽 입가가 씰룩씰룩. 찾았구먼.

"언니야, 그냥 말해. 그 표정 진짜 재수없어."

훗, 언니는 썩소가 버무려진 눈으로 모니터를 가리킨다. 아이디 ddong2veritas. 닉네임 꽈꽈씨. 럭키포유 편의점을 가리키는 손가락 사진. 얼핏 주홍색 유니폼 조끼가 보인다. '새로운 달이 뜨는 동네 끝자락에서.' 위치, 서울시 양천구 신월동.

"진짜 찾았어?"

"똥진이, 똥이 진리. 영어만 쓰면 밋밋하니까, 진리는 라틴어로 쓰면 ddong2veritas가 나오지. 이 계정은 14일 전에 생겼고, 딱 한 계정만 팔로우 해."

"누굴 팔로우 하는데?"

"이동진. 그런데 닫았나 봐, 이름만 남아 있고 아무것도 없어."

"좋다 말았네. 그럼 메이가 찾는 사람인지 아닌지 뭘로 확인해?"

"네가 럭키포유 편의점 가서 직접 확인해야지."

"내가?"

"응, 네가. 아홉 군데 다 가서 보고 와."

"……엉?"

언니가 노트북 모니터를 가리킨다. 지도에 빨간 풍선이 하나, 둘…… 모두 아홉 개. 신월동에 럭키포유 편의점이 아홉 군데 있구나. 여기저기 구석구석에 흩어져 있다. 오늘 안에 다 가 볼 수 있겠지? 메이는 아직도 정신없이 자고 있다. 많이 피곤하겠지. 언니는 차려 주는 사람 없으면 굶는 사람이니까 특제 영양식을 만들어 놓고 나가야겠다. 북어채를 물에 바락바락 빤 다음, 현미밥이랑 같이 갈아서 달걀이랑 우유를 섞고 뭉근하게 끓였다. 냄새 맡고 나온 언니가 휙 보더니 그냥 간다. 헤헤, 네 건 줄 알았지? 속이 비어야 공부 잘 된다며, 어디 나 올 때까지 쫄쫄 굶어 봐라.

"안녕하세요, 여기 이동진 선생님 계세요?"

"그런 사람 없는데요."

"실례합니다, 뭣 좀 여쭤볼게요. 여기 이동진이라는 사람 있나요?"

"없어요."

"저기요, 혹시 이동진 아저씨라고 계세요?"

"모릅니다."

없어, 없다고! 아홉 군데 다 없다고! 이렇게 찾는 거 맞아? 다리는 아프고, 뭐 하나 건진 건 없고, 오밤중은 다 됐고, 배는 고프고. 가다가 쓰러지겠네, 컵라면이라도 먹고 가야지. 자고로 컵라면은 삼각김밥과 먹는 음식. 때마침 물건이 들어온다. 오오, 원 플러스 원 삼각김밥을 진열한다. 비빔밥과 참치마요, 너로 정했다.

"이거 지금 계산해도 되나요?"

"네."

어, 아까 들어올 땐 분명히 여자 점원 혼자 있었는데 지금은 남자 점원이다. 고개를 숙이니 텅텅 빈 정수리가 훤히 보인다. 둥글둥글한 얼굴에 다크서클이 광대뼈까지 내려왔다. 며칠 못 잔 사람 같아.

"혹시 여기에…… 헉!"

"왜요?"

"아니, 아니에요! 안녕히 계세요!"

반짝이는 은색 이름표에 쓰인 이름 '이동진'. 와, 진짜? 진짜로 찾았어! 휴대폰 배터리가 똑 떨어져서 전화도 못 하고 집까지 미친 듯이 뛰어왔다. 현관문 비번은 왜 여섯 자리야, 너무 길다고. 덜컹!

"내가 찾……. 아, 오셨어요?"

엄마랑 아빠가 말없이 시계를 가리킨다. 언제 열 시가 넘었담. 전화기는 왜 꺼져 있냐, 여태 뭐 하다 오냐 잔소리 폭탄이 터지는 찰나, 언니가 나타났다. 수학 문제 한 페이지를 다 틀려서 벌로 동네 두 바퀴를 뛰고 오랬다고. 난 숨소리도 안 내고 내 방으로 왔다. 틀린 문제를 가르쳐 주겠다며 언니도 들어온다. 쿵. 방문이 닫히자 침대 구석 옷더미 사이에서 메이가 고개를 쏘옥 내민다.

[이곳에 숨으면 안전하다 하여 내 실례했소. 목욕은 했으니 걱정 마시구려.]

"잘 쉬었어? 밥 맛있었지?"

[특제 영양밥, 참으로 대단했소. 내 그런 밥은 태어나 처음 먹어 봤소.]

"태순이가 좀 덜렁대서 그렇지 손으로 하는 건 다 잘해요."

"언니 너 왜 나 칭찬하냐, 소름 돋게?"

[두 분의 자매애가 퍽 아름답소. 나도 자매들이 있었으

나…….]

메이의 아련한 눈빛은 감당이 안 된다. 언니가 엉거주춤 메이 옆에 앉는다. 살살 머리를 쓰다듬자 메이가 언니 허벅지에 고개를 올린다. 포로로, 한숨까지 쉰다. 얼씨구. 나가서 고생하다 온 건 난데, 왜 언니만 좋아해? 내가 가져온 소식을 듣고도 그러나 보자.

"나 봤어. 이동진."

벌떡, 메이가 일어난다. 그래, 그래야지. 슬금슬금, 나도 메이 옆에 앉았다.

"아우, 엄청 힘들었어. 오늘 한 10만 보는 걸은 것 같아."

[꼬랑내로 짐작컨대 그런 것 같구려. 고생 많았소.]

"아니, 편의점들이 너무 멀리 떨어져 있잖아. 아주 그냥 신월동을 구석구석……."

"사공태순, 요점만."

"아, 어. 여기서 20분만 가면 가로공원이 있거든. 이쪽에서 대각선으로 건너면……."

"럭키포유 신월가로공원점. 메이, 여기예요."

언니가 지도 앱을 켜서 메이에게 설명해 준다. 으잇, 내가 보여 주려고 했는데!

"사공태순, 신원 확인은 어떻게 했니?"

"아 몰라. 말 안 해."

온몸으로 삐졌다고 항의하려는 찰나, 메이가 내 허벅지

에 앞발을 올려놓는다. 고개를 갸웃거리며 그 동그랗고 반짝이는 눈으로 날 빤히 바라본다. 으아, 꼬리, 꼬리는 흔들지 마. 그만 귀여우라고!

"이름표, 이름표 봤어. '이동진'이라고 쓰여 있었다고. 둥글둥글하게 생겼는데 머리숱이 엄청 없더라, 가운데가 텅텅 비었어. 저녁에 일하는가 봐."

"그 사람이 맞을까요, 메이?"

메이는 말없이 고개를 끄덕였다. 어째 표정이 밝지 않네.

[그 친구가 가운데 머리털이 적어서 고민이 많았소. 한데 연구소가 아닌 편의점에서 일하다니…….]

메이는 동진 아재가 목줄을 풀어 줬기 때문에 도망칠 수 있었단다. 자기가 도망쳤기 때문에 연구원에서 쫓겨났을 거랬다. 꼭 다시 만나야 한다고, 배 속의 아기들과 같이 고맙다는 인사를 해야 한댔다. 메이 눈에 눈물이 그렁그렁하다. 언니 눈에도, 내 눈에도.

언니, 메이, 나 이렇게 셋이 나란히 누웠다. 진짜 오랜만이다. 재롱이가 있을 땐 이렇게 잘 잤는데. 내일 동진 아재를 만나면, 메이는…… 아재랑 같이 살겠지? 우리랑 같이 산다고는 안 하려나……. 메이의 발에서 꼬순내가 난다.

[진정 다른 선택의 여지가 없는 것이오?]

삼보일한숨. 메이는 '재롱이'라는 꽃분홍 반짝이 이름표가 달린 가슴줄 때문에 고개를 땅에 처박고 걸었다. 해 질 녘이라 잘 보이지도 않는구먼. 가슴줄에 달린 하트 모양 펜던트랑 연결줄에 달린 천사 날개도 영 마음에 안 드신단다. 있는 게 그것뿐이라 어쩔 수 없다고 해도 소용없다. 언니는 내일까지 수행평가 보고서 내야 하는데 반도 못 썼다며 징징거리고. 아 진짜, 다들 왜 이러세요! 옥신각신하는 사이 편의점 앞 공원에 도착했다.

[연구원이 이마에 붙인 젠더를 알아볼 것이오. 나에 대해 물으면 여기 있다고 전해 주시겠소? 묻지 않는다면…… 그냥 오시구려.]

동진 아재가 쫓겨났다고 자기를 원망할까 봐 그러나? 동진 아재를 내쫓은 사람들이 나쁜 거잖아. 메이는 잘못한 거 없어, 그저 실험실 밖에서 애기들과 살고 싶었을 뿐이라고.

삐리링.

편의점 문을 열었다. 이동진 아저씨가 카운터에 있다. 뭘 잔뜩 산 손님과 얘기하는 중이다. 나보다 머리통 하나는 더 큰 시커먼 덩치 아저씨, 다홍색 정장에 희끗희끗 단발머리 아줌마. 둘은 나가면서 날 보더니 피식 웃었다. 으익, 내 이마의 젠더를 보고 웃었나 봐. 동진 아재의 눈동자도 내 이마에 꽂힌다. 나도 아저씨도 꼴깍, 침을 삼켰다.

“아저씨, 이거 아세요?”

“어제 디엠 받았다. 메이 지금 어딨니? 다친 덴 없지? 무사해?"

"요 앞 공원에 있어요."

왜 초면에 반말이람, 맘에 안 들어. 아저씨는 두말없이 편의점 문을 잠그고 따라 나왔다. 멀리 메이가 보이자 허둥지둥 뛰어간다. 메이도 한달음에 달려온다. 아저씨가 무릎을 꿇고 팔을 벌리자 메이가 폴짝 안긴다.

"다행이다, 메이! 네가 날 찾을 줄 알았어. 너라면 날 찾아낼 거라 믿었어!"

[내가 그대를 어찌 잊으리까. 잘 지냈소? 어찌 이곳에서 지내는 게요? 아, 지금 내 생각을 못 듣겠군. 태순 양, 젠더를 이분에게 넘겨주시겠소?]

나랑 언니는 젠더를 떼어 아저씨한테 건넸다. 아저씨는 말 그대로 덩실덩실 춤을 췄다. 메이도 폴짝폴짝, 춤추듯 아저씨 주위를 돌았다.

"학생들, 수고했어. 이제 메이는 내가 잘 보살필게."

그러니까 이제 가라고? 메이와 눈이 마주쳤다. 월월, 워월! 아, 우리랑 말이 안 통하니까 짖나 보다. 꼬리가 아래로 처진 걸 보니 좋다는 건 아닌 듯한데.

"아뇨, 아저씨. 저희는 메이의 임시 보호자입니다. 메이가 살 곳을 봐야겠습니다."

오오, 맞는 말! 이렇게 메이랑 헤어지는 건 아쉽지. 곧 메이가 새끼도 낳을 텐데, 아저씨가 잘 돌볼 수 있을지 걱정도 되고. 메이도 꼬리를 살랑거린다.

아저씨 집은 공원에서 한참 떨어져 있었다. 담벼락이 기우뚱한 아주 낡고 오래된 빌라 지층. 입구에서부터 퀴퀴한 곰팡이 냄새가 진동한다. 남들은 회사에서 나올 때 퇴직금을 받고 나오는데, 아저씨는 퇴직금은커녕 손해 배상을 하느라 빚까지 졌다고 한다. 차갑고 무거운 공기. 대낮에도 햇빛 한 줌 안 들어오겠네. 어두운 건 그렇다 쳐도 어쩜 이렇게 더럽담. 굴러다니는 소주병, 찌그러진 맥주캔, 먹다 남은 포장 음식이며 양말에 옷더미가 여기저기 흩어져 있다.

메이는 쫄랑쫄랑, 아저씨 옆에 가 앉는다. 언니랑 난 엉거주춤 현관 앞에 앉았다. 언니 넌 신발 신고 들어온 거니?

"너희는 메이가 얼마나 위대한 존재인지 몰라. 현대 뇌과학과 생명 공학의 정수가 바로 메이라고. 메이는 인간의 언어 중추와 흡사한 구조를 가지고 태어났어. 그렇게 태어나고 성장한 유일한 성공 사례지. 뇌파를 확장해서 전달하는 이 젠더로 우린 서로의 생각과 느낌을 공유했어. 난 이 위대한 생명체의 운명과 그 의미에 대해 진지하게 고민했다."

이동진 아저씨는 산책 당번을 자청하여 치밀하게 동선을 짠 다음, 메이의 목줄을 풀어 도망치게 했다. 메이가 없어지자 연구소는 발칵 뒤집혔고, 아저씨는 빈털터리가 되어 쫓겨났다. 착한 아저씨였네. 더럽다고 흉봐서 미안해요.

"얘들아. 집에 먹을 게 하나도 없어서 그러는데, 너희가 가서 좀 사 올래? 골목 앞쪽에 있는 슈퍼가 제일 싸."

"네에? 우리가 손님이잖아요. 아저씨가…… 아얏!"

언니가 내 머리 끄덩이를 홱 잡아당긴다. 메이랑 둘이 할 말이 있나 보지, 빨리 나와. 눈을 부라리며 속삭인다. 남의 집에 신발 신고 들어간 주제에 잘난 척은. 메이가 문 앞까지 나와서 인사한다. 메이랑 말이 통하다가 안 통하니까 진짜 답답하네. 가뜩이나 귀찮은데 웬 검정 차까지 빌라 출입구를 턱 막고 섰다. 아주 제대로 가로막아서 나가려면 어기적어기적 게걸음을 해야 했다.

"골목도 넓은데 왜 여기다 차를 세운 거야, 나가기 어렵게!"

일부러 차 앞에 서서 크게 소리쳤다. 맘에 안 들어.

우리는 슈퍼에서 음료수랑 메이가 먹을 치즈맛 소시지도 샀다. 계산하려는데 아뿔싸, 이 아저씨가 카드 안 줬잖아? 그럼 우리 카드로 사야 하는 거야? 언니가 말없이 음료수 하나를 도로 진열대에 가져다 놓는다. 오호, 역시 언니다.

"언니야, 메이가 아저씨랑 산다고 하면 보내 줘야겠지?"

"보내 줘야지. 그러려고 도와준 거잖아."

"언니 넌 걱정 안 되냐? 곧 새끼도 낳을 텐데, 저 아저씨가 잘 보살펴 줄 것 같아?"

대화가 뚝 끊겼다. 조금 전만 해도 아저씨 찾았다고 그렇게 신났는데, 막상 메이를 보내려니 기분이 좀 그렇다. 딱 하루 같이 있었는데 십 년은 같이 산 것 같다. 재롱이를 닮아서 더 그런가……. 에잇, 저 차는 왜 여태 빌라 문 앞에 있는 거야.

"태순아, 저기, 저기!"

검은 차 창문에서 비틀대며 뛰어내리는 강아지, 메이다! 이름 부를 새도 없이 차 문이 열리고 덩치 큰 남자가 메이를 낚아챈다. 끼이잉, 낑낑. 메이는 몇 번 버둥대다 잠잠해졌다.

"안 돼, 안 돼!"

언니와 나는 소리를 지르며 달려갔다. 남자는 메이를 안고 재빨리 차에 탔다. 부르릉, 차 문도 안 닫고 출발해? 차는 우리를 향해 곧장 달려왔다. 언니! 난 있는 힘껏 언니를 옆으로 밀었다.

끼이이이익! 꺄아아아악!

급정거 소리보다 언니 비명 소리가 더 크네. 빵빵, 빠아아앙! 차가 미친 듯이 경적을 울린다. 난 주저앉은 채 꼼짝도 못 했다.

"야, 니들 뭐야! 죽고 싶어?"

덜컹, 문 열리는 소리. 뚜벅뚜벅, 화난 발걸음 소리. 태순아! 언니가 비명처럼 내 이름을 부르며 달려온다. 빼꼼, 실

눈을 떴다.

"이보세요, 먼저 안 다쳤냐고 물으셔야죠!"

내 손을 잡은 언니 손이 발발 떨린다. 난 언니 손을 잡고 겨우 일어섰다. 아까 메이를 잡았던 덩치 큰 남자가 되레 큰소리친다.

"안 다쳤잖아, 둘 다. 쨍알거리지 말고 비켜!"

차에서 한 사람이 더 내린다. 다홍색 정장에 단발머리 아줌마. 덩치 큰 남자가 뒤로 물러선다. 어라, 이 사람들…… 아까 편의점에서 본 사람들이잖아! 단발머리는 언니에게 번쩍거리는 플라스틱 명함을 건넨다.

"병원 가서 검사하고 이상 있으면 연락해."

라피스 사이언티픽센터 총괄 팀장 김태형. 언니랑 난 눈이 마주쳤다. 이 사람들은 메이를 다시 실험실로 끌고 가려는 거야. 언니랑 나는 누가 먼저랄 것도 없이 차로 뛰었다. 메이, 메이를 꺼내야……. 이동진 아저씨? 차 뒷좌석에 이동진 아저씨가 앉아 있다. 그 옆에는 메이가 심하게 헐떡거리며 쓰러져 있고. 아저씨는 배시시 웃으며 차에서 내렸다. 덩치 남자가 우릴 거칠게 밀어젖힌다. 단발머리 아줌마가 우릴 위아래로 훑기며 말한다.

"이 선임, 자기 일 진짜 너절하게 한다. 이 꼬맹이들 왜 못 떨궜니?"

"에이. 선배, 짜증 내지 마요. 다 내 말대로 됐잖아요. 난 메이 탈출시키고, 연구소에선 메이 죽은 걸로 처리됐고. 탈출한 메이는 날 찾아오고, 난 메이를 선배네 회사로 넘기고. 선배는 나한테 돈 넘기고. 이보다 더 어떻게 깔끔해?"

이게 다 무슨 소리야? 언니를 쳐다봤다. 언니가 불끈, 주먹을 쥐며 속삭인다.

'처음부터 이동진 저 인간이 꾸민 거야. 애초에 메이를 위해서 탈출시킨 게 아니라, 메이를 다른 곳에 팔아넘기려고 작정한 거지. 우린 저 인간한테 메이를 갖다 안긴 거고.'

얼굴이 확 달아오른다. 죽기 살기로 자길 만나러 온 메이를 팔아넘긴다고?

"이제 어른들은 일하러 갈 테니까, 학생들은 공부하러 가요."

이동진 아저씨가 눈을 찡긋하며 다시 차에 타려고 한다. 안 돼, 이렇게는 절대 안 돼! 언니한테 눈짓을 보냈다. 저놈들, 잡자. 알았지? 이제 숨을 한껏 들이켜고, 소리 질러!

"그 강아지, 메이 아닌데요."

멈칫. 단발머리 아줌마가 걸음을 멈춘다. 돌아서서 날 본다. 살금살금, 언니가 눈치를 보며 잽싸게 차로 간다.

"그 강아지 메이 아니고 '재롱이'예요. 비글 여자애, 다섯 살, 우리 집 댕댕이."

아줌마가 이동진 아저씨를 노려본다.

"내가 연구소 가서 시연시켜 준다니까. 아 진짜, 선배 나의심해?"

"우리 재롱이라니까요! 저 아저씨가 우리 재롱이더러 옛날에 키웠던 개랑 닮았다고 친한 척하더니, 세상에, 이젠 사람까지 불러와서 훔쳐 가?"

이동진 아저씨가 내 어깨를 거칠게 밀친다. 난 허벅지에 힘을 빡 줬다. 온몸으로 아저씨를 밀어내고 아줌마 뒤통수로 점프! 허연 머리카락을 힘껏 움켜잡았다.

"도둑이야! 도와주세요, 내 강아지, 이 사람들이 내 강아지 훔쳐 가요!"

덩치 남자가 달려들어 내 손을 잡아 뜯는다. 야, 니들이 먼저 시작한 거다. 콱악, 남자의 손목을 물었다. 남자가 비명을 지른다. 난 더 크게 소리쳤다.

"우리 재롱이 내놔!"

내 목소리가 쩌렁쩌렁 울린다. 구경꾼이 점점 많아진다. 휴대폰으로 촬영하는 사람도 보인다. 상관없어. 나는 목청껏 소리 질렀다.

"재롱이 내놓으라고, 이 도둑놈아!"

"야! 재롱이라니! 메이잖아, 메이! 네 개도 아니면서 왜 이래?"

"우리 개야. 재롱이라고 가슴줄에 이름표도 있잖아! 우길 걸 우겨!"

"이게 진짜 보자 보자 하니까. 어른한테 반말이나 찍찍

하고, 너 미쳤어?"

"거 진정 좀 합시다. 어른들이 애들 상대로 뭐 하는 겁니까?"

어떤 아저씨 둘이 와서 덩치 남자가 나한테 오지 못하게 막았다. 구경하던 언니들 몇몇이 달려와서 아줌마가 차에 못 타게 붙잡았다. 어떤 할머니는 언니 옆에 서서 이동진 아저씨를 향해 눈을 부라렸다. 편들어 주는 사람이 생기니 울컥, 가슴속에서 뜨거운 덩어리가 올라온다. 왜애애앵, 요란한 사이렌 소리.

"경찰입니다. 무슨 일입니까?"

"아니, 저 사람들이 이 학생들을 차로 칠 뻔해 놓고 그냥 내빼려고 해요."

"알고 보니 얘네들 개를 훔쳐 달아나는 중이었대요."

"얘들이 개 돌려 달라니까 글쎄, 이 학생을 바닥에 내동댕이치더라니까. 동네 한가운데서 이게 무슨 행패야 그래."

모두 우리 편을 들어준다! 경찰은 언니와 나에게 괜찮은지 물어보고 메이의 상태를 살폈다. 메이는 아까보단 고르게 숨을 쉬고 있다. 언니가 안아서 땅에 내려놓자 비틀비틀 일어선다. 메이는 이동진 아저씨 일행을 보고 으르렁거렸다.

"누가 명함 달라고 했습니까? 신분증요, 신분증!"

경찰이 단발머리 아줌마를 매섭게 다그친다. 알 만한 분이 왜 이러시냐, 서까지 같이 가 주셔야겠다. 덩치 남자도, 이동진 아저씨 표정도 아주 볼만하다.

"경찰관 님."

단발머리 아줌마가 목소리를 쫙 깔고 나선다.

"제가 설명할게요. 우선 접촉 사고는 없었어요. 그리고 저 학생에게 제 명함을 주었으니 뺑소니는 아니죠. 저는 지인이 개를 맡아 달라고 해서 왔어요. 보름 전에 잃어버린 개를 찾았는데, 지금 돌볼 상황이 아니어서요. 그런데 저 학생들이 그 개가 자기네 개라고 우기네요. 그건 아니에요. 저 개는 여기 이동진 연구원의 개가 맞아요. 얘들이 왜 저러는지 모르겠네요."

웅성웅성, 사람들이 언니랑 나를 쳐다본다. 한순간에 우리가 도둑으로 몰리다니! 언니, 어떻게 좀 해 봐.

"경찰관 님, 메이가 아니고 재롱이에요. 우리 강아지 맞아요. 등에 이름표도 있잖아요, 재롱이. 그리고 가슴줄에 달린 하트 모양 펜던트가 인식표예요. 반려동물 등록했거든요. 지금 동물 병원 가서 확인하면 좋겠어요."

언니야, 거짓말을 어쩜 그렇게 당당하게 하니. 그러다 진짜로 동물 병원에 가자고 하면…… 괜찮나? 재롱이가 죽고 나서 등록 말소 안 했으니까?

"야! 메이는 내가 만든 개야. 내가 실험실에서 피, 땀, 골수까지 흘려 가며 만들었다고! 저게 얼마짜린 줄 알아? 말하는 개, 생각하는 개, 그게 얼마짜린 줄 알아?"

사람들 눈빛이 변했다. 실험실에서 만들다니? 실험당하던 개가 탈출했나 봐요. 세상에, 그걸 다시 잡아가려고? 근데, 개가 말을 해요? 수군수군, 키득키득. 난 더 크게 소리쳤다.

"아저씨, 핑계에 성의 좀 담아요. 우리 재롱이가 말하는 개라고요? 그럼 물어보면 되겠네. 재롱아, 네가 한마디 해라."

메이와 눈을 마주쳤다. 메이가 다가온다. 살랑살랑, 꼬리를 흔들며 앞다리를 들어 올린다. 난 몸을 숙여 메이를 들어 올렸다. 우리는 서로 부둥켜안았다. 난 메이를 사뿐히 내려놓고 나직하게 말했다.

"물어."

크르르르릉, 컹컹, 컹!

메이는 쏜살같이 뛰어 동진 아재에게 덤벼들었다. 메이, 메이, 그만! 아저씨는 비명을 지르며 뒷걸음치다 나자빠졌다. 메이는 송곳니를 드러내며 사납게 짖었다.

"재롱아, 그만."

내가 말하자 메이는 쪼르르 내 옆으로 왔다. 단발머리 아줌마 얼굴이 붉으락푸르락 가관이다. 메이는 동진 아재를 향해 아우우, 아우우웅 하울링을 했다. 마지막 인사인가? 욕하는 거면 좋겠다.

놈들은 사이좋게 경찰차를 탔다. 교통사고가 날 수도 있었고, 개도 훔치려고 한 데다 미성년자에게 협박과 폭력을 행사했기 때문이란다. 부모님이랑 같이 경찰서로 와서 고소해도 된다고 했다. 움찔. 언니는 감사하다며 부모님과 의논하겠다고 깍듯하게 인사했다. 우리도 거짓말한 게 있으니 그럴 일은 없겠지만.

"사공태순, 수고했다."

찰싹, 언니는 내 이마를 때리고는 히죽댄다. 아파, 이마를 문지르는데 손에 뭐가 걸린다. 언니 이마에 반짝이는 게 붙어 있다.

[아까 이동진 그 작자를 쓰러뜨렸을 때 주웠소. 그만 갑시다. 배가 몹시 고프구려.]

메이가 앞장 서 간다. 지금 우리 집 가는 거 맞지?

메이는 실존했던 실험동물입니다. 우연히 기사로 접한 메이의 삶과 죽음은 저에게 몰랐을 때는 편했던 불편한 진실을 마주하게 했습니다. 실험동물, 필요해요. 동물 실험 말고는 다른 대안이 없는 실험이 있어요. 그런데 정말 다른 대안이 없는 경우에만 동물 실험이 이루어지는지, 실험이 끝난 동물들은 정말 그에 합당한 처우를 받는지 모르겠습니다. 그 실험이 많은 사람들의 보다 나은 미래를 위한 것이고, 때문에 불가피하게 동물을 희생시켜야 했던 실험인지도 모르겠고요. 실험동물 처우에서 시작된 질문은 점점 더 본질적인 것을 향해 뻗어 갔어요. 메이는 저에게 인권을 넘어 동물권, 동물권을 넘어 생명권으로 가는 길을 가리켰습니다. 저는 메이의 이름으로 많은 동물들을 저의 방식으로 기억하려고 해요. 「완벽한 꼬랑내」는 그 첫 이야기입니다. 모쪼록 저와 함께 메이를 기억해 주시길. 생명권을 위해 애쓰는 모든 이에게 존경과 감사의 인사 드립니다.

우주의 집

고호관

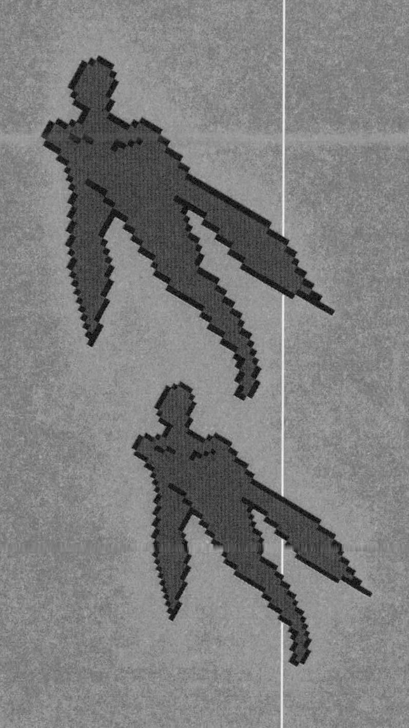

자신이 태어난 게 실수였다는 사실을 알고 살아간다는 건 서글픈 일이다.

어떤 사람에게는 그게 별것 아닌 일일지도 모르겠다. 하지만 그걸 전 세계의 모든 사람이 알고 있고, 수많은 사람들에게 주목받는 처지가 된다면? 다른 사람의 관심 어린 시선이 느껴질 때마다 창피하고 얼굴을 파묻고 싶을 것이다.

우주는 조그만 창을 가득 채우고 있는 지구를 물끄러미 바라보았다. 파랗게 빛나는 지구는 우주가 바라보는 동안에도 빙글빙글 돌며 움직였다. 정확히는 지구가 아니라 우주가 있는 국제우주정거장II가 도는 것이지만.

"우주야, 너 운동 안 해?"

엄마의 목소리였다. 우주가 넋을 놓고 있는 사이에 들어

온 모양이다. 하지만 우주는 대꾸하지도, 뒤를 돌아보지도 않았다.

엄마가 한숨을 쉬며 하소연했다.

"우주야, 너 엄마가 맨날 이야기하잖아. 운동 꼭 해야 한다고. 좀 있으면 클라크 박사님한테 검사받아야 하는데, 시킨 대로 안 하면 어떡하니? 너 이렇게 말 안 들으면……."

"말 안 들으면 뭐가? 어떻게 되는데? 지구에 못 간다고? 어차피 지구에는 못 가잖아. 그거 뻔한 거 아니야? 그거 모르는 사람 아무도 없어. 내가 최초로 우주에서 태어나 우주에서 죽는 사람이 될 거라는 거."

우주가 쏘아붙이자 엄마가 놀란 듯이 잠시 머뭇거리다가 다시 말했다.

"그…… 그건 아니야, 우주야. 지금까지는 그랬어도 앞으로 기술이 더 좋아지면, 모르는 거야. 그때 네가 준비가 되어 있어야지."

"아, 됐어! 쓸데없는 소리 하지 마, 엄마. 어차피 낳고 싶어서 낳은 것도 아니면서. 난 이렇게 살다 죽을 거야."

우주가 버럭 화를 내며 뒷발로 벽을 걷어찼다. 그러면서 걷는 듯 나는 듯한 동작으로 엄마를 지나쳐 운동실을 나가 버렸다.

"우주야!"

우주는 엄마가 부르는 소리를 귓등으로 흘린 채 자기 방으로 향했다. 가는 동안 몇몇 우주인이 지나치며 반갑게 인사했다. 우주는 뚱한 표정으로 아무 대꾸도 하지 않았지만, 다들 개의치 않는 듯이 우주의 어깨를 툭 치고 지나갔다. 듣자 하니, 우주가 요즘 사춘기라 기분이 좋지 않다는 이야기가 퍼져 있는 모양이었다.

'사춘기 때문이 아니라고!'

우주는 속으로 외쳤다.

'이런 상황에서 정상적으로 자랄 수 있다면, 그게 신기한 거잖아!'

*

우주의 방은 원심력이 가장 강한 바깥쪽에 있었다. 들어서자 몸을 겨우 누일 수 있을 만한 침대와 작은 책상 하나가 우주를 맞이했다. 창밖으로는 아까도 봤던 지구가 보였다. 일부러 지구가 잘 보이는 곳에 방을 만들어 주었다고 했지만, 괜히 역효과만 나는 것 같았다. 어렸을 때는 마냥 신기했는데, 지금은 보고 있을수록 울적해졌다.

'난 여기서 평생 빠져나가지 못할 거야.'

우주는 좁디좁은 방 안을 둘러보았다. 사실 우주의 방은 우주 공간에 있는 개인 공간 중에서 가장 컸다. 우주에서 공간을 마련하는 데는 엄청난 돈이 든다. 이 정도 방을 내

준 것만으로도 엄청난 배려였다.

그렇다고 해서 우주의 기분이 나아질 리는 없었다. 그것도 모르고 언론사 같은 곳에서는 툭하면 '세계에서 가장 비싼 공부방' 같은 제목으로 기사를 써 대서 속을 긁곤 했다.

우주는 부모님이 원망스러웠다. 우주의 엄마와 아빠는 한국 출신 우주인으로 달 기지 건설을 위한 국제 프로젝트에 참여하고 있었다. 원래는 그냥 동료였지만, 달에서 한참 머무는 동안 사랑에 빠졌고, 그만 우주가 생기고 말았다.

젊은 남녀가 사랑에 빠지는 것을 막을 수는 없었지만, 임무 수행 중의 임신과 출산은 심각한 규정 위반이었다. 우주의 엄마는 바쁜 일정 때문에 몸의 변화를 뒤늦게 알아챘다. 임신 사실을 알게 되자마자 보고하고 지구로 돌아가려고 했지만, 그럴 수가 없었다. 지구와 달은 자동차를 타고 아무 때나 왔다 갔다 할 수 있는 곳이 아니었다.

우주인을 실어 나르는 로켓이 오가는 일정은 이미 정해져 있었고, 그건 마음대로 바꿀 수 있는 게 아니었다. 상황의 심각성을 인식한 국제우주개발연합이 최대한 빨리 일정을 앞당겼지만, 우주의 엄마가 국제우주정거장II에 도착했을 때는 이미 배가 한참 부풀어 오른 뒤였다.

여러 사람이 만삭의 몸으로는 지구 대기권 재진입의 충격을 견딜 수 없을 거라고 경고했고, 저중력 상태에서 자란 배 속의 태아가 지구에서 건강하게 태어날 수 없을 가능성이 크다고 했다.

결국, 사상 처음으로 우주정거장에서 출산을 진행하기로 결정이 되었다. 급하게 지구에서 보낸 산부인과 의사의 도움을 받아 아기가 태어났고, 수많은 사람이 역사적인 순간을 숨죽이며 지켜보았다.

다행히 출산은 순조로웠다. 우주에서 태어난 첫 번째 아기의 얼굴과 울음소리는 전파를 타고 전 세계의 TV와 인터넷, 신문에 공개되었다. 이 아기의 이름은 당연하다는 듯이 '우주'가 되었다. 서우주. 사상 최초로 우주에서 태어난 소년.

'그리고 사상 최초로 지구를 밟아 보지도 못하고 죽을 인간이지.'

우주에서 태어난 우주의 몸은 평범한 사람과 비교하면 매우 허약했다. 키는 비쭉 컸지만, 호리호리하고 근육이 약했다. 뼈도 약해서 만약 지구에 내려간다면 자기 몸무게를 지탱하지 못하고 죽을 가능성이 크다는 게 과학자들의 말이었다. 몸을 지탱해 주는 외골격 로봇을 입으면 버틸 수는 있다고 하지만, 약한 몸으로 대기권 진입의 충격을 견딜 수 있다는 보장이 없었다. 누구도 우주를 데리고 그런 도박을 할 엄두를 내지 못했다.

그런 우주를 위해 부모님도 지구를 포기하다시피 했다. 규정대로였다면 해고를 당했어야 하지만, 우주 덕분에 특별히 우주인으로 남을 수 있었다. 부모님이 가장 신경 쓰는 건 우주의 운동이었다. 운동으로 지구의 중력을 견딜 수 있을 정도로 힘을 키우라는 이야기였다. 한편으로는 달에 도시를 건설하기 위해 미친 듯이 일했다. 장차 우주가 컸을 때 달에서라도 여러 사람과 어울려 살 수 있도록 만들어 주고 싶다고 했다. 하지만 그 말을 들으면 우주는 부모님도 내심 자기가 지구에 갈 수 없다는 사실을 인정하는 것처럼 느꼈다.

우주는 태어나서 지금까지 한 번도 자유로워 본 적이 없었다. 지구는 고사하고 우주정거장 밖으로 나가 보지도 못했다. 우주가 태어난 뒤로 우주인의 임신과 출산을 더욱 엄격하게 관리했기 때문에 우주는 전 세계에서 유일무이한 존재가 되었다. 따라서 모든 말과 행동은 심리학자의 관찰 대상이었고, 신체 발달과 생리 현상은 과학자의 연구 대상이었다. 심지어는 평범한 사람도 뉴스나 다큐멘터리를 통해 우주에 관해 잘 알고 있었다. 심지어 우주가 모르는 것까지.

자신이 태어나게 된 사연과 자라는 과정을 모르는 사람이 없을 정도라 우주는 언제 어디에 있어도 마치 발가벗겨진 기분이었다.

멍하니 앉아 있던 우주는 정신을 차리고 방을 나섰다. 국제우주정거장II는 얼핏 보면 거대한 자전거 바퀴를 닮았다. 다른 점이라면, 둥근 고리가 가장 바깥쪽뿐만 아니라 안쪽에도 여러 개 있어서 층을 이루고 있었다. 이런 바퀴가 하나의 축을 중심으로 세 개 쌓여 있었다.

축을 중심으로 회전하기 때문에 안에 있는 사람은 원심력에 의해 마치 중력이 있는 듯한 효과를 느낄 수 있었다. 우주의 방이 있는 가장 바깥쪽은 3층이라고 불렸다. 2층, 1층으로 갈수록 원심력이 작아져 중력 효과도 작았다. 이것 또한 우주를 위한 배려였지만, 정작 우주가 가장 좋아하는 곳은 중력을 느낄 수 없는 0층이었다.

우주는 엘리베이터를 타고 0층으로 향했다. 2층에서 네덜란드 우주인 뤼트 씨를 만났다.

"어이, 우주. 또 거기 가?"

뤼트 씨가 물으며 손으로 파닥파닥 날갯짓을 해 보였다.

"네. 기분 전환 좀 하려고요."

기분이 좀 나아진 우주가 대답했다. 뤼트 씨는 씩 웃으며 고개를 까딱이고는 1층에서 내렸다.

우주정거장이 집이어서 좋은 건 어려서부터 다양한 국적의 사람을 만날 수 있다는 점이었다. 우주는 부모님의 모국어인 한국어와 공용어인 영어를 자연스럽게 구사했고, 다른 몇 가지 언어도 조금씩 할 수 있었다.

엘리베이터가 중심에 가까워질수록 우주의 몸은 점점 가벼워졌다. 마침내 0층에 도착했을 때는 무게를 전혀 느낄 수 없었다.

문이 열리자 우주는 손잡이를 잡고 몸을 끌어당겨 엘리베이터 밖으로 나왔다. 남미 출신으로 보이는 여성 한 명이 엘리베이터를 기다리고 있다가 우주를 보더니 흠칫 놀랐다.

우주는 그대로 지나쳤다. 뒤통수에 오랫동안 시선이 느껴졌다.

'누구지? 처음 보는 사람인데……. 아, 얼마 전에 로켓이 왔다 갔지? 새로 온 사람인가 보네.'

0층에 해당하는 축은 바퀴 세 개의 중심을 관통하는 거대한 원통 모양이었다. 중력을 느낄 수 없는 중심부에서는 무중력 상태에서만 가능한 실험을 하거나 특수 물질을 만들었다.

실험실 공간을 빼고도 꽤 많은 공간이 남았고, 그곳은 아무 장애물 없이 텅 비어 있었다. 이 우주정거장 안에서 가장 큰 공간이었다. 주로 초보 우주인이 우주복을 입고 우주 유영 훈련을 받는 곳으로 쓰였다.

그리고 한 가지 더. 우주가 이곳을 자주 찾는 이유. 바로 인력 비행이었다.

사람이 날개를 달고 그 안에서 날아다니면 재미있겠다는 아이디어를 처음 낸 사람이 누구인지는 기록에 남아 있지 않았다. 아마도 좁은 곳에 갇혀서 무척 심심했던 사람이었을 것이다. 어쨌든 그 덕분에 우주의 우울한 삶에 한 가지 위안거리가 생긴 셈이었다.

우주는 보관소로 가서 전용 날개를 찾았다. 양팔에 다는 날개는 새의 날개와 비슷했다. 깃털은 없었지만, 얇고 질긴 소재여서 팔을 활짝 벌리면 팽팽해져서 공기를 세게 밀어낼 수 있었다. 그리고 양발에도 조그만 보조 날개를 달았다. 이 네 날개를 조합해서 움직이는 것에 따라 얼마든지 기묘한 공중 곡예를 펼칠 수 있었다.

인력 비행 실력으로 치면, 우주는 모두가 인정하는 최고였다. 아장아장 걸을 때부터 날개를 달고 놀았기 때문에 물고기가 헤엄치는 것만큼이나 자연스러웠다.

우주가 가장 자유롭다고 느낄 때도 바로 텅 빈 공간을 마음껏 날아다닐 때였다. 비록 파란 창공은 아니었지만. 갓 올라온 우주 비행사가 무중력 효과에 적응하지 못하고 어리바리할 때 우주는 일부러 과시하듯이 그 옆을 날아다니곤 했다.

드물게 지구에서 우주 또래의 아이들이 견학을 올 때도 그랬다. 대개 똑똑하다고 뽑힌 과학 영재 같은 아이들이었다. 그럴 때마다 부모님은 어떻게든 우주가 그 아이들을 만나게 하려고 애썼지만, 우주는 한사코 피했다.

처음에는 나이가 비슷한 친구를 만난다는 생각에 어울려 보려고 했지만, 금세 다른 아이들이 자기를 신기한 존재로만 생각한다는 걸 깨달았다. 중력이 약한 곳에서 자란 우주는 다른 아이들 머리가 가슴에 올 정도로 키가 커서 더 눈에 띄었다.

키도 훨씬 작은 녀석들이 동물원 원숭이 보듯이 쳐다보는 건 정말 싫었다. 사춘기에 들어서면서부터는 아예 그런 만남을 피해 다녔다. 이런 곳에서 마주쳐도 우주는 한마디 말도 없이 무중력 체험을 하는 아이들을 비웃듯이 그 옆으로 휙휙 날아다녔다.

그런데 그곳에 우주 말고도 다른 사람이 있었다.

'저게 누구지? 새로 온 우주인인가?'

처음 보는 사람이 공용 날개를 달고 허공에서 어설프게 팔을 휘두르고 있었다. 가까이 가서 보니 어른이 아니었다. 간혹 견학을 오는 학생들 나이 정도의 남자애였다. 하지만 견학을 왔다면 저렇게 혼자 있을 리가 없었다. 더 자세히 보니 외모가 남미인 같았다. 그러고 보니 아까 엘리베이터에서 마주쳤던 우주인의 가족일지도 모른다는 생각이 들었다.

'누구는 팔자 좋게 엄마 따라 우주정거장으로 놀러도 오는구나. 나는 지구에 발도 못 디디는데.'

하지만 우주정거장은 아무나 올 수 있는 곳이 아니다. 아주 가끔씩 있는 학생 견학도 엄청난 특권이었다.

"에라, 알 게 뭐냐."

우주는 중얼거리며 날개를 달고 텅 빈 공간으로 들어섰다. 벽을 차고 팔다리를 몸에 바싹 붙이자 급강하하는 매처럼 일직선으로 쭉 움직였다. 미지의 소년을 스쳐 지나가며

곁눈질하자 녀석이 당황하는 게 보였다.

"흥!"

인력 비행을 잘하려면 단순히 팔다리를 놀리는 것만으로는 부족하다. 0층은 중력을 거의 느낄 수 없다고 해도 엄연히 회전하는 곳이다. 따라서 회전축에서 멀어질수록 원심력을 받아 바깥쪽으로 쏠리게 되어 있다. 이 미묘한 차이를 잘 이용하는 게 진정한 고수다.

지구에 사는 사람들이 이해하려면, 둥근 음료수 캔을 상상하면 된다. 동그란 모양의 윗면과 아랫면의 한가운데에 긴 막대기를 꽂아서 돌리는 것이다. 그러면 이 막대기가 바로 회전축이다. 사람이 개미처럼 작은 상태로 캔 안에 있다고 하면 회전축에서 멀어져 둥그렇게 말려 있는 옆면에 가까워질수록 원심력을 더 많이 받게 된다.

매끄러운 몸놀림으로 기선을 제압한 우주는 몸풀기로 옆면을 향해 날아가다가 속도를 멈추며 다시 날아오르기를 반복했다. 원심력에 대한 감이 없으면 그대로 부딪히기 십상이다.

정체 모를 소년은 입을 벌린 채 우주의 동작을 뚫어져라 보고 있었다. 우주는 어깨를 으쓱거렸다.

'훗. 신기하긴 한가 보군. 더 대단한 걸 보여 주겠어.'

우주는 자신이 가장 좋아하는 동시에 뽐내기 용도로 쓰는 비행에 들어갔다. 둥근 옆면과 일정한 거리를 유지하며 축을 중심으로 나선을 그리듯 회전하는 동작이었다. 그러면 방향을 바꿀 필요 없이 한참 동안 같은 방향으로 날 수 있었다. 좁은 공간에 갇혀 있다는 느낌을 지울 수 있어서 좋았다. 물론 까딱하다가는 옆면에 부딪힐 위험도 있지만.

한참을 그러다 고개를 돌려 보니 그 녀석도 이제는 쳐다보기를 그만두고 열심히 날갯짓을 하고 있었다. 우주는 잠시 멈추고 허공에 뜬 채로 가만히 지켜보았다.

녀석은 무엇부터 익혀야 할지 눈치챈 모양이었다. 힘들게 날개를 움직여 벽으로(음료수 캔으로 치면 윗면 또는 아랫면으로) 갔다. 그리고 보이지 않는 축의 위치를 가늠하는 듯싶더니 두 발로 벽을 차고 움직였다.

하지만 방향이 축과 어긋났는지 반대쪽 벽에 도착하기 전에 옆으로 쏠리고 말았다. 당황해서 날개를 퍼덕이는 꼴이 우스워서 우주는 그만 웃고 말았다.

평소 같았으면 무시했겠지만, 왠지 이번에는 도와줘야겠다는 생각이 들었다. 우주는 몸을 날려 그 녀석에게 다가갔다. 녀석은 등을 돌리고 있는 상태라 우주를 보지 못했다.

우주가 영어로 말을 걸었다.

"어이, 처음 해 보는 거야? 처음에는 어려워. 내가 가르쳐 줄까?"

그러나 상대는 들은 척도 하지 않았다.

"어……. 여기 온 지 얼마 안 됐어?"

녀석은 고개도 돌리지 않은 채 심호흡을 하며 날개를 세게 펄럭이더니 날아가 버렸다.

'뭐지, 저 녀석? 사람 무시하나?'

구경거리가 되는 경우는 많았지만, 아예 무시당하는 건 처음이었다. 기분이 완전히 상한 우주는 이를 갈며 그 자리를 떠 버렸다.

*

우주의 아빠는 달에서 일하고 있었다. 얼마 뒤 아빠가 돌아오면, 그때는 엄마가 달에 갈 차례였다. 그 뒤에는 두 분이 번갈아서 지구에 다녀오게 되어 있었다. 그때마다 우주의 눈치를 심하게 보았지만, 위에서 강제로 시키는 일이라 어쩔 수 없었다. 안 그러면 우주뿐 아니라 부모님까지도 지구에 갈 수 없는 몸 상태가 될 터였다.

가끔 우주는 좁은 우주정거장에 갇힌 자신이 '형벌'을 받고 있다고 생각했다.

'그러면 나 때문에 지구에 마음껏 가지 못하는 부모님도 형벌을 받는 걸까? 내가 부모님에게 형벌인 걸까?'

그렇게 생각하면 우주는 속이 너무 쓰렸다.

며칠 뒤 우주는 클라크 박사를 만나 검진을 받으러 의무실로 가다가 그때 그 녀석과 마주쳤다. 이번에는 눈이 확실히 마주쳤다. 녀석이 입을 열려고 하는 순간 우주는 고개를 돌리며 빠르게 지나쳤다.

'건방진 녀석, 내가 너한테 말을 거나 봐라.'

클라크 박사는 우주정거장의 책임 의사였다. 매달 우주의 상태를 점검하고 기록하는 일을 맡고 있기도 했다.

"그래, 어디 안 좋은 데는 없고?"

"다 안 좋아요. 여기서는 괜찮을지 몰라도 지구에 내려가면 죽는 몸이니까 다 안 좋은 거나 마찬가지지요."

우주의 삐딱한 대꾸에 클라크 박사는 고개를 저었다.

"이리 와 봐라. 검사를 좀 하자."

클라크 박사는 아무 말 없이 우주의 피를 뽑고 근육량과 골밀도 등을 측정했다.

"요즘에 운동을 좀 소홀히 한 것 같은데?"

박사님이 모니터를 보며 말했다. 우주는 가만히 딴 데만 쳐다보았다.

"……."

"운동은 반드시 해야 해. 특히 너는……."

"저는 귀중한 표본이니까요. 장래에 인간이 우주에서 살아갈 때 참고가 될 수 있는 표본. 사람이 아니라 표본이니까요! 그런데 제가 왜 남들을 위해서 그런 연구 대상이 되어야 하죠? 그냥 실수로 태어났을 뿐인데!"

우주가 결국 참지 못하고 화를 터뜨렸다.

"진정해라. 이렇게 되기를 원한 사람은 아무도 없어. 단지 이 상황을 가장 좋게 활용하려는 것뿐이지."

"네, 네. 제가 참아야죠. 인류를 위해서. 검사는 끝났죠?"

"휴우, 그래. 돌아가도 좋다."

우주가 의무실 밖으로 나갈 때 클라크 박사가 등 뒤에서 외쳤다.

"아, 얼마 전에 네 또래 아이가 한 명 왔는데 말이다. 그 애가……."

"그 녀석 만났는데, 전 별로 관심 없어요."

우주는 딱 잘라 말하고 그대로 떠나 버렸다.

비행장에서 무시당한 이후로 우주는 며칠 동안 비행하러 가지 않았다. 요즘 들어 혼자 방에 틀어박혀 있는 시간이 많아지긴 했지만, 사실 바쁘기도 했다. 동영상 강의를 보며 학과 공부를 해야 했고(대학교를 갈 수 있는 것도 아니고, 지구에서 직장을 구하지도 못할 팔자인데 공부는 왜 하라는 걸까?), 엄마가 클라크 박사한테 무슨 말을 들었는지 운동도 더 많이 시켰다.

결국, 우주는 참지 못하고 다시 비행하러 갔다. 이번에는 녀석이 보이지 않았고, 새로 온 듯한 우주인 몇 명이 우주 유영 훈련을 하고 있었다. 우주는 그 옆에서 놀리듯이 신나게 날아다녔다. 중력이 오락가락하고 위아래가 왔다 갔다 하는 이곳에 처음 와서는 멀미를 하며 토하는 사람이 많았다.

우주는 그런 사람들이 이해가 되지 않았다.

'아니, 뭐가 어지럽다고 저러는 걸까?'

익숙해지고 나면 생활에는 큰 지장이 없지만, 아무도 우주처럼 자유자재로 행동하지 못했다. 우주는 오히려 땅에 딱 달라붙어서 산다는 게 어떤 기분일지 상상하기 어려웠다.

그다음에 다시 갔을 때는 문제의 그 녀석이 있었다!

놀랍게도, 녀석은 처음 봤을 때보다 실력이 많이 늘어 있었다. 축 부근에서는 이리저리 제법 자유롭게 날아다녔다. 그동안 연습을 꽤 한 모양이었다. 특이한 일이었다. 보통 견학으로 오는 아이들은 한두 번 체험하고 마는 게 보통이었다. 속이 울렁거려서 아예 시도도 못 해 보는 사람도 많았다.

'요것 봐라?'

우주는 기를 팍 죽여 놓아야겠다고 생각했다. 얼른 날개를 달고 들어갔다. 녀석에게는 눈길도 주지 않은 채 벽을 박차고 날기 시작했다. 한쪽 팔과 두 다리를 이용한 90도 방향 전환, 벽에 닿을 듯 말 듯 아슬아슬하게 지나가기, 빙글빙글 회전하며 직선으로 날기 등 여태까지 익힌 다양한 기교를 과시했다.

보통 사람이 따라 하려고 했다가는 어지러워서 정신을 잃을 수도 있었다. 그런데 녀석은 용케 몇 가지 동작을 흉

내 냈다. 어설펐지만, 분명히 보고 배우고 있었다.

못마땅한 우주가 한번은 일부러 빠른 속도로 옆을 스치듯이 지나갔다. 누군가 봤다면 위험한 행동이라고 혼을 냈을 것이다. 녀석도 깜짝 놀라서 허우적거렸다.

우주는 속으로 웃으면서 그 자리를 떠났다. 녀석은 뭐라고 따지지도 못했다.

'이제 감히 내 흉내를 내지는 못하겠지?'

그러나 우주의 예상처럼 되지는 않았다. 완전히 기를 죽여 놓았으니 쉽게 다시 나타나지 못할 거라 생각했는데, 그 다음에도 또 마주치고 말았다. 잠깐 다녀가는 녀석치고는 고집이 있는 모양이었다.

우주는 속이 뒤집힐 것 같았다.

'넌 지구가 있잖아. 나한테는 이것밖에 없는데, 감히 네가 날 따라오려고 해?'

우주정거장 안에서 인력 비행을 우주만큼 열심히, 즐겨 하는 사람은 없었다. 이건 우주만의 것이어야 했다.

하지만 다시 만났을 때 그 이름 모를 녀석의 실력은 더욱 늘어 있었다.

그다음에도, 그다음에도…….

기분 나쁜 녀석이었다. 우주가 말 걸 틈을 안 주기도 했지만, 두 사람은 한 번도 말을 섞지 않았다. 그 녀석은 우주가 나타나서 날아다닐 때마다 한쪽 구석에서 가만히 우주를 노려보았다.

우주에게 안 좋은 감정이 있나 싶었지만, 가만 보니 우주의 몸동작을 유심히 살펴보는 것이었다.

어느새 녀석은 기본적인 방향 전환 동작을 부드럽게 해내고 있었다. 기본 동작이 되니까 그 뒤부터는 속도가 더 빨라졌다.

이제는 우주도 슬슬 경쟁심이 붙기 시작했다. 벽을 향해 똑바로 날아가다가 부딪히기 직전에 솟구치듯 방향을 바꾸는 동작을 선보였다. 녀석도 몇 번 연습하더니 똑같이 해냈다. 날개를 반대 방향으로 움직여 뒤쪽으로 날면서 방향을 요리조리 바꾸는 모습을 보여 줬더니 금세 흉내를 냈다.

한쪽 팔만 이용해 팽이처럼 돌면서 직선으로 움직여 보였더니 그것도 따라 했다. 심지어 우주보다 더 빨리 회전하는 것 같았다. 그러고 보니 속도를 낼 때나 방향을 바꿀 때 은근히 녀석의 힘이 세 보였다. 우주에게는 능숙함에서 오는 우아함이 있었다면, 녀석에게는 강한 힘에서 오는 활기가 있었다.

그런 날이 며칠째 계속되자 우주는 성질이 나서 그 녀석보다 먼저 날개를 벗어 던지고 비행장을 떠났다.

땀에 젖은 옷을 벗어서 내팽개치는 순간 한 가지 생각이 떠올랐다.

'근육! 저 녀석이 나보다 힘이 세구나!'

그러고 보면 당연했다. 우주는 그 녀석보다 키가 크고 팔다리가 길었지만, 힘으로만 치면 지구에서 살던 사람보다 훨씬 약했다.

생각지도 못했던 이유를 찾고 나니 자신의 울적한 처지와 맞물려 더욱 울화가 치밀었다. 우주에서 태어나 유일하게 남들보다 낫다고 생각하던 게 무중력 공간에서 자유롭다는 사실이었다. 그까짓 근육 때문에 지구 녀석에게 지다니. 있을 수 없는 일이었다.

*

다음 날부터 우주는 당분간 비행장에 발길을 끊고 운동실에서 살았다. 처음에는 어깨 힘을 길러야겠다고 생각했는데, 다시 생각해 보니 다리 힘이 받쳐 줘야 할 것 같았다. 안정적으로 움직이려면 허리 힘도 필요하고……. 여태까지 운동을 게을리했던 게 후회가 되었다.

“우리 우주가 알아서 운동을 열심히 하니까 참 보기 좋네.”

우주의 바뀐 모습에 엄마도 오랜만에 웃음을 지어 보였다. 뚱하니 있던 우주가 불쑥 물었다.

“엄마, 얼마 전에 여기 새로 온 애 알아?”

“애? 여기 애가 있어? 애들 견학 온다는 소리는 못 들었는데……. 하긴 요새 엄마가 워낙 바빠서 말이야. 다른 부서에서 하는 일은 잘 모를 수 있어. 나라별로 비밀스럽게 하는 일도 있고……. 왜, 너만 한 애가 있디?"

"응. 얼굴을 보면 라틴 계열인 것 같은데, 말을 안 해 봐서 모르겠어."

"이상하다. 네 나이 정도 아이가 장기 체류로 올 일은 없을 텐데……. 잠깐, 그런 애가 있으면 얼른 말을 걸어 봐야지! 친구를 사귈 기회잖아!"

"걔가 나를 먼저 무시했다고! 친구는 무슨 친구야!"

우주는 그만 또 버럭 화를 내고 말았다. 엄마는 한숨을 쉬며 떠났고, 우주는 다시 운동에 몰두했다.

'기다려라, 이 녀석아!'

운동으로 근력을 키우는 게 며칠 만에 될 리는 없었다. 게다가 대충 하던 운동을 너무 갑자기 무리해서 하는 바람에 온몸에 근육통이 생기고 말았다. 하는 수 없이 우주는 단백질이 풍부한 우주 식량을 골라 먹으며 며칠을 쉬엄쉬엄 보냈다.

그리고 다시 운동! 이번에는 적절하게 휴식을 취하면서 컨디션을 관리했다. 근육이 약해질까 봐 그나마 중력 효과가 가장 큰 3층에서만 머물렀다.

'이제 됐다!'

마침내 우주는 전보다 몸에 힘이 많이 붙었다고 느꼈다.

벽의 손잡이를 잡고 몸을 끌어당길 때의 느낌이 달랐다.

그 이름 모를 녀석은 항상 같은 시각에 비행장에 있었다. 우주가 결전의 날로 정한 날, 그 시각에 비행장으로 가자 역시 녀석이 있었다.

누가 전용 날개도 새로 만들어 준 모양이었다. 평소에 녀석이 쓰던 공용 날개가 아니었다. 우주는 그것도 못마땅했다. 지금까지 전용 날개가 있는 건 자기뿐이었다.

들어가기에 앞서 잠시 녀석의 비행을 관찰했다. 못 보던 사이에 한층 더 실력이 늘어 있었다. 하지만 우주가 보기에는 아직 모자랐다.

'오늘은 기필코 네가 어지러워서 토하는 꼴을 보겠다!'

우주가 날개를 걸치고 벽을 박차며 날아 들어갔다. 녀석은 오랜만에 나타난 우주를 보고 깜짝 놀란 눈치였다.

힘이 세지니까 확실히 움직이는 속도가 달랐다. 우주조차도 새로운 감각에 잠시 적응해야 했다. 하지만 적응을 마치고 나자 더욱 화려한 비행 쇼를 펼칠 수 있었다.

우주가 연속으로 방향을 세 번 꺾으며 회전해 보이자 녀석도 경쟁하듯이 우주를 똑같이 따라 했다.

그때부터 화려한 경쟁이 펼쳐졌다. 선공은 우주가 했다.

제비처럼 쏜살같이 날기도 하고, 먹이를 채 가는 독수리처럼 과격하게 벽을 덮치기도 하고, 보는 사람의 정신이 어지러울 정도로 빙글빙글 돌기도 했다. 녀석도 뒤처지지 않고 우주를 그대로 따라왔다.

우주는 지금까지 익힌 기술을 총동원해서 녀석이 따라 할 수 없을 것 같은 고난이도 동작을 연속으로 펼쳤다. 놀랍게도, 녀석은 결코 우주에게 뒤지지 않는 실력을 보여 주었다. 8자 그리기도, 나선 회전도 모두 똑같이 따라 했고, 원심력의 차이를 이용하는 감각도 우주 못지않았다.

'우주에서 너 따위에게 질 수는 없어. 너는 지구에서나 살아! 이제는 체력 승부다!'

위아래와 좌우가 정신없이 바뀌는 비행을 오래 하면 누구나 멀미를 하게 마련이었다. 우주는 아기 때부터 무중력이 익숙했지만, 다른 사람은 그렇지 않았다.

온몸에서 땀이 흐르기 시작했다. 하지만 녀석은 속이 울렁거리는 기색이 아니었다.

'저 자식 도대체 뭐야? 안 되겠어.'

그때 녀석이 행동을 바꿨다. 우주를 따라 하는 게 아니라 먼저 나서서 기술을 펼쳤다. 우주를 앞설 수 있다는 자신감이 엿보였다.

우주는 발끈했다. 우주는 힘을 그러모아 녀석의 뒤를 바짝 쫓았다. 막상 쫓는 입장이 되고 나니 녀석의 속도에 맞추는 게 은근 버거웠다.

'내가 뒤에 있을 수는 없다고!'

우주는 있는 힘껏 팔을 움직여 녀석의 옆을 스쳐 지나가면서 앞질렀다.

'됐다!'

고개를 돌려 흘깃 보니 상대는 비행 자체에 몰입한 듯 우주를 의식하는 것 같지도 않았다.

앞서거니 뒤서거니 하며 날아다니던 두 사람이 점점 가까워졌다.

'어라, 위험한데?'

마침 녀석은 등을 돌리고 있는 자세라 우주를 보지 못했다. 우주가 뒤늦게 속도를 줄이며 다급히 외쳤다.

"야, 조심해! 비켜!"

하지만 녀석은 그대로 우주를 향해 날아왔다.

"조심하라니까!"

우주는 버럭 소리를 지르며 방향을 바꾸려고 했지만, 소용없었다.

"으악!"

쿵―. 두 사람의 날개가 부딪치며 서로 다른 방향으로 튕겨 나갔다. 온 사방이 빙글빙글 돌았다. 우주의 눈에 마지막으로 보인 건 빠른 속도로 다가오는 벽이었다.

얼마 뒤, 정신을 차려 보니 우주는 의무실 침대에 누워 있었다. 먼저 엄마의 걱정스러운 얼굴이 보였다.

"괜찮니, 우주야?"

"으윽."

몸을 움직여 보려고 했지만 끔찍하게 아팠다. 엄마의 어깨 너머로 클라크 박사가 얼굴을 내밀며 말했다.

"가만히 있어. 팔 하나, 다리 하나가 부러졌으니까. 고정시켜 뒀으니까 나을 때까지 움직이면 안 돼. 넌 뼈가 약해서 잘 부러지는데 이게 무슨 꼴이냐? 새처럼 잘 날아다니더니 갑자기 왜 벽에다 갖다 박은 거야?"

"그, 그 녀석은요?"

"누구? 에데르 말이니? 걘 괜찮아. 타박상만 좀 입었어. 너보다는 뼈가 단단하니까."

우주는 베개에 머리를 떨어뜨리며 한숨을 쉬었다. 졌다는 기분이 들었다.

엄마가 근무하러 간 뒤에 우주는 다시 잠이 들었다. 누군가 깨워서 눈을 떠 보니 클라크 박사였다.

"손님이 찾아왔다."

"손님이요?"

클라크 박사가 비키자 그 녀석의 얼굴이 보였다! 이름이 에데르라고 했던가? 그리고 그 뒤로 한 여성이 있었다. 우주는 그 사람이 엘리베이터에서 마주쳤던 우주인임을 알아보았다.

"저, 괜찮니?"

우주인이 영어로 물었다.

“아, 저……, 네.”

“우리 아들 에데르가 사과를 하고 싶대. 너와 인력 비행 시합을 하는 게 재미있었는데, 이렇게 돼서 미안하대. 빨리 나아서 같이 놀고 싶다고 하네.”

“아, 네…….”

우주가 쭈뼛거리며 대답했다.

‘저 녀석은 뭔데 그런 말도 혼자 못 해?’

그때 에데르의 엄마가 말을 이었다.

“실은 에데르가 청력이 약해서 거의 듣지 못해. 태어날 때부터 그래서 말하는 것도 많이 힘들단다. 너와 이야기하고 싶었는데 그러지 못해서 아쉽대.”

“아!”

우주는 이제야 알 것 같았다. 녀석, 아니 에데르는 자기를 무시했던 게 아니었다. 처음부터 오해가 쌓였을 뿐이었다. 우주가 정말 사춘기 심하게 온 아이처럼 방에만 처박혀 있지 않고 다른 사람들과 자주 이야기를 나눴더라면 아마 에데르에 관해 금세 알 수 있었을 것이다.

에데르가 엄마 앞으로 나서더니 말했다.

“미안. 너 괜찮아?”

발음이 다소 부정확했지만, 잘 들으면 알아들을 수 있는 말이었다. 우주는 씩 웃으며 대답했다.

"그래. 만나서 반갑다."

*

두 달 정도가 지났다. 우주의 팔다리는 다시 멀쩡해졌다.

"약하다 해도 젊은 녀석이라 금방 붙는구나."

클라크 박사가 깁스를 풀며 말했다.

그사이에 많은 변화가 있었다. 우주는 에데르와 친구가 되었고, 문자 메시지와 에데르에게서 배운 수어를 이용해 많은 대화를 나눴다.

"우리 엄마는 비행기 조종사야. 이번에 개발 중인 우주 셔틀 테스트 조종사로 뽑혀서 여기 온 거야. 원래는 나 때문에 포기할 뻔했는데, 운 좋게 나까지 오게 됐지."

"그런데 너는 어떻게 온 거야? 보통 임무와 상관없는 사람은 올 수 없는데."

"우주 네가 여기서 중요한 존재라는 건 알아. 하지만 나도 임무가 있어. 나는 태어날 때부터 청각 장애가 있었는데, 덕분에 멀미를 하지 않아. 멀미의 원인이 되는 귓속 기관이 작동하지 않거든. 그래서 나는 우주에서 나 같은 사람이 어떻게 적응하는지 실험하는 임무를 띠고 있어."

우주는 에데르가 어떻게 짧은 시간 안에 우주의 인력 비행 솜씨를 따라잡았는지 깨달았다.

"우주에서는 우리 같은 사람이 유리할 수도 있대. 어떤 사람은 우주 공간의 적막함을 못 견딘다지? 난 평생을 적막함 속에서 살았어."

우주가 팔다리를 다시 자유롭게 움직일 수 있게 되자 두 사람은 에데르 엄마의 배려로 우주복을 입고 밖으로 나가 볼 수 있게 되었다. 우주정거장 밖으로 나가는 건 우주도 처음이었다.

두 소년은 각자 엄마의 도움을 받아 중심축에 있는 에어록을 통해 밖으로 나갔다. 안전띠를 고정한 뒤 우주정거장 외벽에 발을 붙이고 서 보니 머리 위로 지구의 밤 영역이 보였다. 어두운 표면 위에서 도시의 불빛이 화려하게 빛났다. 정거장이 회전하면서 크리스마스트리 같은 지구도 천천히 돌았다.

"오, 지구가 머리 위에 있으니 느낌이 이상해요. 온 지 몇 달 됐는데 아직도 그러네요."

우주에 온 지 얼마 안 된 에데르의 엄마가 통신기로 말했다.

"전 우주인 생활을 한 지 20년인데, 아직도 완전히 적응이 안 되는걸요."

우주의 엄마가 대꾸했다.

우주와 에데르는 서로 마주 보며 의미심장하게 웃었다.

우주는 처음으로 우주가 집처럼 느껴졌다.

✤
✤
✤
✤
✤

달에서 태어난 최초의 아기를 다룬 아서 클라크의 단편을 인상 깊게 읽은 적이 있습니다. 새로운 시대의 상징을 알리는 아기의 탄생으로 끝을 맺는 이야기였지요. 그런데 정작 그 아기가 어떻게 살았는지는 나오지 않습니다. 문득 생각해 보니 그 아기가 행복하게 살기는 쉽지 않았겠다는 생각이 들었습니다. 그래서 한번 상상을 해 봤습니다. 지구 밖에서 최초로 태어난 아이가 있다면, 심지어 계획한 출산도 아니었다면, 그 아이는 어떤 심정으로 살아갈까요? 또래도 없는 상황에서 자신이 어디에 속해 있다고 느낄까요? 언젠가는 현실에서도 분명히 그런 아이가 태어날 텐데 우주처럼 마음 붙이고 살 곳과 친구를 찾으면 좋겠습니다.

실험도시 17

남유하

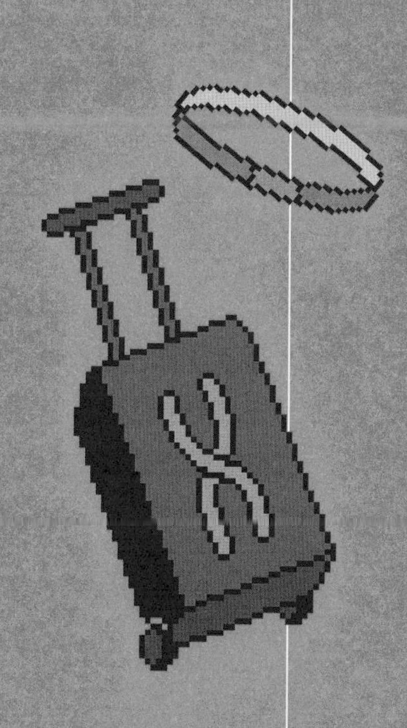

실험도시 17, 헤베시가 많은 논란 끝에 설립된 지 20년이 지났다. 인구 10만 명의 소도시로 시작한 이 도시는 20년 만에 인구 150만 명의 대도시로 거듭났다. 설립 10년을 넘기지 못한 대다수 실험도시들의 실패와 달리, 헤베시가 성공할 수 있었던 이유는 무엇일까.

어떤 이는 불로불사(不老不死), 늙지 않고자 하는 인간의 기본적인 욕망 때문이라고 하고, 어떤 이는 빈부의 격차를 극복할 수 있는 사회 모델이기 때문이라고 하며, 또 어떤 이는 노후 대책이 필요 없는, 저출산을 극복할 수 있는 유일한 방안이기 때문이라고 한다.

헤베시를 둘러싼 논란에 좀 더 가까이 다가가기 위해, 우리 arn 방송국에서는 특집 다큐멘터리 〈실험도시 17〉을 기획했다. 이 프로그램을 통해 헤베시와 관련된 여러 사람들을 만나 보고, 그들의 목소리를 충실히 담아내고자 한다.

에밀 정, A 고등학교 1학년

너무 기뻐요. 헤베시에 가면 평생 열일곱 살로 살 수 있으니까요. 사실 제가 합격했다는 게 믿어지지 않아요. 벌써 몇 번이나 합격 통지 문자를 봤는지 모르겠어요. 금방이라도 발송 오류였다는 문자가 오면 어쩌나 마음을 졸였어요. 우리 학교 학생의 80퍼센트가 지원서를 냈다는데, 저랑 3반 아이 한 명만 합격했으니, 거의 250대 1의 경쟁을 뚫은 셈이잖아요.

제가 어떻게 합격했을지 생각해 봤어요. 아마도 다른 애들의 지원서에서는 저처럼 절박함이 묻어나지 않았겠죠. 저랑 같이 지원했던 몇몇 애들의 얘기를 들어 봐도 전부 피상적이에요. 그냥 나이 먹기 싫어,라고 생각하는 정도? 하지만 전 달라요. 노화의 부정적인 측면을 누구보다 잘 알고 있죠. 우리 할머니는 치매를 앓고 있거든요. 암까지 완치되는 세상인데, 하필 치매에 걸리다니. 할머니도 참 운이 없죠. 21세기 초에 치매 치료제가 개발됐고, 이제 치매는 완전히 사라진 병이라고만 생각했는데 변형 유전자가 나올 줄 누가 알았겠어요. 문제는요, 그 변형 유전자가 우성이라는 점이에요. 저는 이대로 나이를 먹으면 백 퍼센트 치매에 걸리게 된단 말이죠. 생각만 해도 소름이 돋아요. 저는 절대 우리 할머니처럼 되고 싶지 않거든요. 그래서 정말 정성껏 지원서를 작성했어요.

헤베시에서 텔로미어 칩을 심으면 외모는 물론 장기도 늙지 않게 되잖아요. 뇌도 장기니까, 늙지 않으면 치매에 걸릴 일도 없겠죠. 그것뿐이겠어요? 열일곱 살의 모습이 유지되면, 각종 안티에이징에 들어가는 비용도 절약할 수 있잖아요. 노후 대비책 같은 것도 필요 없을 거고요. 그래서 다들 헤베시에 들어가고 싶어 하는 거잖아요. 지금은 오래 사는 게 목적이 아니니까요. 누구나 돈만 있으면 영원히 살 수 있으니까요. 그렇지만 건강과 젊음을 유지하는 건 또 다른 차원의 문제잖아요. 에버영요? 에버영을 사용하면 어느 정도 젊음이 유지되긴 하지만, 그렇다고 열일곱 살의 상태로 지속되는 건 아니니까요. 게다가 모든 사람이 에버영을 살 수 있는 형편이 되는 것도 아니고요.

레오니 슈미트, S 사립학교 1학년

글쎄요. 실험도시에 가는 건 좀 무모한 일이라고 생각해요. 당연히 저는 지원하지 않았죠. 제가 왜 열일곱 살로 평

생을 살고 싶겠어요? 우리 집에는 에버영이 있으니까 그걸로 충분할 것 같아요. 사실 열일곱은 좀 애매한 나이잖아요. 적절한 나이요? 저는 한 스물다섯 정도가 좋을 거 같은데요. 저희 부모님도 에버영 덕분에 그 정도 신체 나이를 유지하고 계시고요. 부모님은 매일 에버영 안에서 휴식을 취해요. 두 분은 아직 40대니까 자기 전에 한 시간 정도만 사용하면 충분하대요. 저도 몇 년 전에 호기심에 캡슐 안에 들어가 본 적이 있거든요. 딱 한 번요. 거부감은 전혀 없었어요. 따뜻한 온실에 들어가 있는 느낌이랄까. 편안하고 기분 좋은 느낌이었어요. 물론 부모님께 들켜서 혼났죠. 저 같은 어린애가 들어가면 성장 호르몬에 안 좋은 영향을 줄 수도 있다고 하더라고요.

아, 맞다. 헤베시에 대한 얘기를 해야 하는 거죠? 근데 arn이 무슨 방송국이라고요? 독립 방송국요? 그럼 헤베시랑은 상관없는 거죠? 제가 한 말, 나중에 이상하게 편집될까 봐요. 그대로 내보내요? 이 얘기도요? 알았어요. 계속할게요. 그러니까 제 말은, 돈이 없어서 에버영을 집에 들여놓을 수 없는 애들한테는 헤베시에 가는 게 절박한 문제일지도 모르지만…….

지금은 노화가 가난의 상징처럼 되어 버렸잖아요. 우리 엄마처럼 부자인 사람들은 정부의 규제만 없다면 천 년은 너끈히 살 수 있을걸요. 젊음과 건강을 유지하면서요. 하,

사실 천 년은 좀 오버고요. 이백 살까지는 몸에 손대지 않고도 건강하게 살 수 있다고 하더라고요. 아직 에버영이 상용화된 지 백 년이 채 안 됐으니 장담할 수는 없지만요. 기술은 점점 더 발전하지, 퇴보하지는 않을 거잖아요.

실험도시에 가서 열일곱 살을 유지하면서 사는 게…… 가난한 친구들에게는 나쁘지 않은 선택일 수 있겠죠. 하지만 실험도시는 생겨난 지 20년밖에 안 되었잖아요. 우리 같은 사람이 굳이 위험을 감수할 필요는 없다고 생각해요. 1차 실험군이 지금 서른일곱 살이란 말인데, 당장 내일 어떻게 변할지 누가 알겠어요? 일단 몸에 칩을 심는다는 것도 찜찜한데, 그 칩에 이상이라도 생겨 봐요. 『도리언 그레이』에서 초상화가 찢어졌을 때처럼 한순간에 나이를 먹어 버릴지도 모르는 일이잖아요? 아, 『도리언 그레이』를 모르세요? 오스카 와일드 소설이잖아요. 도리언 그레이라는 아름다운 남자랑 그 사람 대신 늙는 초상화에 대한 얘긴데……. 설마 오스카 와일드는 아시죠?

귄터 반트 박사, 분자유전학자,
TC-17 연구센터 센터장

너무나도 잘 알려진 바와 같이 텔로미어는 염색체 끝에

비니처럼 붙어 염색체와 DNA를 보호하는 역할을 합니다. 이 텔로미어는 텔로머라아제라는 효소에서 만들어지는데요. 이 효소가 없으면 세포 분열 때마다 텔로미어가 짧아져 염색체가 손상됩니다. 즉, 새로운 세포가 재생하지 못하고 노화가 일어나는 것이죠. 우리는 암세포의 텔로머라아제 활성화에 주목했습니다. 그리고 정상 세포에서 텔로머라아제 효소의 활성을 조절할 수 있는 단백질 메커니즘을 발견했습니다. 세포 분열을 해도 암세포처럼 텔로미어가 줄어들지 않는다면 노화의 진행을 막을 수 있을 테니까요. 이것은 21세기 초반에 발견했던 것보다 훨씬 강력하고 안정적인 단백질 효소였지요. 우리는 이 효소를 Ptin41이라고 불렀습니다. 쉽게 말해, 비니를 오래 쓰고 다녀도 때가 타거나 닳지 않게 해 주는 보호막 같은 역할을 하는 효소라고 할 수 있겠죠.

네, 칩을 심는 적정 나이를 정하기 위해 우리 연구진은 오랜 검증 기간을 거쳐야 했습니다. 연구 초기에 우리는 20대 초중반이 가장 적합한 나이라고 가정했습니다. 그러나 20대부터는 성장 호르몬이 감소하기 시작하므로, 단백질 효소가 활성화하는 최적의 환경이라고 할 수 없었지요. 결국 사춘기의 나이로 고정할 수밖에 없다는 결론에 이르렀고, 수많은 임상 시험을 거쳐 열일곱 살로 정했습니다.

저는 매일 센터에 칩을 심으러 오는 열일곱 살 아이들을 만납니다. 칩을 심은 후 안도의 미소를 짓는 아이들의 얼굴을 보는 게 제 삶의 보람이라고 할 수 있죠.

카린 베커, 실험도시 1년 차 거주자

저는 작년 이맘때 여기에 들어왔어요. 외부에서 선발됐고, 그런 일은 드문 일이니 무척 기뻤죠. 매년 선발하는 것도 아니고요. 운이 좋았죠. 알아요, 올해도 외부에서 학생들이 들어온다면서요? 그 학생들이 얼마나 좋아할지 상상이 가요. 전국에서 지원한 수천 명 가운데 열세 명 안에 들어간 거잖아요.

그런데요, 여기서 일 년을 살다 보니 그게 그렇게 기뻐할 일이었나 하는 생각도 들어요. 네, 차별 때문이기도 하고요. 대놓고 차별하는 경우는 거의 없지만, 외부인이라는 꼬리표는 늘 저를 따라다녀요. 실험도시 사람들은 굉장히 특권 의식이 강하고, 게다가 올해는 실험도시에서 태어난 첫 번째 아이가 열일곱 살이 되는 해잖아요. 굳이 그 아이랑 저를 비교할 생각은 없지만, 그 아이에 대한 이곳 사람들의 관심과 호의를 생각하면 좀 무서울 정도예요.

하지만 정말 힘든 건 정서적인 부분이에요. 열일곱 살들에게 둘러싸여 사는 건 정말 이상한 느낌이거든요. 혼란스럽고 우울하고…… 의지할 수 있는 어른이 없는 것 같달까. 제가 살던 곳에서는, 그렇다고 우리 부모님이 그다지 믿음직스럽지는 않았지만, 그래도 뭔가 멘토 같은 사람들이 있잖아요. 나이 든 현자 같은 이미지를 풍기는 분들이요. 제 경우에는 제가 아르바이트하던 빵집의 할머니가 그런 분이셨거든요. 뭔가 고민거리가 있을 때면 어떻게 알아차리시는지, 마들렌과 홍차를 가져오셔서 자, 얘기해 보렴, 하시고. 항상 고민에 대한 답을 주신 건 아니었지만…… 할머니한테 얘기하고 나면 마음이 가벼워지곤 했어요.

여기서는 손목에 찬 팔찌의 색깔로 나이를 구별할 수 있긴 하지만, 팔찌 색깔이 다르다고 해서 연장자라는 느낌이 들지는 않아요. 보통 사람을 만나면 손목부터 보는 게 아니라 얼굴부터 보잖아요?

따지고 보면 실험도시에서 가장 연장자라고 해 봐야 서른일곱 살이니까, 외모와 상관없이 아직 나이 든 현자라고 할 만한 사람이 없는 걸 수도 있고요. 바깥에 있을 때도 에버영으로 안티에이징한 사람들이 있긴 했지만, 그런 사람들은 은연중에 나이가 배어 나오잖아요? 표정이라든가, 목소리나 말투라든가…… 그런데 이곳 사람들은 회색 팔찌를 찬 사람들조차 진짜 열일곱 살 같은 느낌이 들어요. 네, 회색 팔찌가 30대예요. 저는 식당에서 아르바이트를 하니까 사람들을 많이 만나잖아요. 혹시 이 사람들은 의식까지 성장이 멈춰 버린 게 아닐까 의심스러울 때가 종종 있거든요.

그래서 저는 열여덟 살처럼 행동하려고 노력하고 있어요. 열일곱 살이라는 외모에 갇혀 버리고 싶지 않아서요. 그런데 열여덟 살다운 게 뭘까요?

틸리 하스, 헤베시에서 태어난 아이 1호

저는 다음 달에 열일곱 살이 돼요. 그럼요! 제 생일이 되면 귀 뒤에 텔로미어 칩을 심어야죠. 저도 이제 이 모습으로 고정되는 거예요. 선생님도, 의사도, 시장도, 모두 열일곱 살이잖아요. 제 말은, 물론 여러분도 아시겠지만 그들의 실제 나이가 열일곱 살이라는 뜻은 아니에요. 그 사람들이 친구처럼 느껴지지 않는 거랑 마찬가지죠. 그게 특별히 좋다거나 나쁘다고 생각해 본 적은 없어요. 어렸을 때부터 제가 본 사람은 전부 열일곱 살의 외모를 갖고 있었으니까요.

알아요. 외부에서는 저희보고 뱀파이어라고 한다는 얘기도 들었어요. 뱀파이어라뇨, 저희는 누구의 피도 빨아먹지 않는걸요. 햇빛에 노출돼도 죽지 않고요. 마늘은 좀 싫어하지만요. 농담이에요. 바깥세상에서는 포레버영이던가요, 맞아요, 에버영, 그런 기계까지 동원해서 노화를 막아 보겠다고 발버둥 치는 거잖아요. 그런데 왜 헤베시에 사는 사람들만 비난받아야 하는지 모르겠어요.

외부에서 들어오는 애들요? 솔직히 말하면 별로예요. 그 애들은 너무 호들갑을 떨어요. 열일곱 살로 사는 게 대단한 특권인 것처럼 생각하죠. 네? 실험도시 안의 사람들에게 특권 의식이 있는 거 아니냐고요? 전혀요. 음…… 저마다 생각은 다르니까 그렇게 생각하는 사람이 있을지 몰라도, 저는 그렇게 생각하지 않아요.

여기만 실험도시인 것도 아니고요. 정부에서 만든 여러 실험도시가 있잖아요? 남자만 살거나, 여자만 살거나, 노인만 살거나…… 여기도 그런 실험도시 중 하나일 뿐이죠. 대신 여기는 실패할 확률은 낮을 것 같아요. 헤베시의 인구는 지금까지 그랬던 것처럼 앞으로도 계속 증가할 테니까요. 누가 영원한 젊음을 마다하겠어요?

채널 17 뉴스, 헤베시의 뉴스 전문 채널

뉴스 속보입니다. 실험도시에서 정체 불명의 노인이 목격됐다는 소식입니다. 이 노인은 도심 변두리의 지하철역에 나타났다고 합니다. 빨간색 후드 티를 입고 마스크를 쓰고 있어 정확히 알 수는 없지만, 노인을 목격한 시민은 눈가의 주름과 후드 티 사이로 삐져나온 치렁치렁한 흰머리를 봤다고 주장하고 있습니다. 헤베시의 시민들은 전염성이 강한 바이러스가 창궐한 것처럼 두려움에 떨고 있습니다. 시장은 아직 아무것도 밝혀진 바가 없으며, 이 노인이 어디에서 왔는지 추적하는 데 경찰력을 동원하는 한편, 시민들의 신원 확인을 더욱 철저히 할 예정이라고 합니다.

에밀 정, A 고등학교 1학년

엄마와 많은 얘기를 나눴어요. 엄마는 앞으로 나를 만날 수 없게 되는 건 슬프지만, 나를 위한 결정이니 지지한다고 했어요. 맞아요, 조금 울었어요. 그래서 오늘 안경을 썼고요.

남자 친구와는 계속 싸우고 있어요. 도무지 말이 안 통하거든요. 걔는 고리타분한 전통주의자예요. 아뇨, 실험도시 17을 반대하는 모임에서 활동하지는 않아요. 그냥 자연스럽게 나이 드는 게 좋다나요. 내가 할머니처럼 치매에 걸리면 어쩌냐니까 자기가 돌봐 주겠대요. 말도 안 되는 소리죠. 그것뿐만이 아니에요. 외부인 차별에 대해서도 얼마나 얘기하는지. 헤베시에 들어갈 때까지 아예 연락을 안 받을까 봐요.

맥스, 미안해. 작별 인사도 없이 떠날 생각은 아니었는데, 네가 하도 반대하니까 어쩔 수 없었어. 난 네가 자책하지 않았으면 좋겠어. 네가 뭐라고 말했든 실험도시에 가겠다는 내 마음은 흔들리지 않았을 테니까.

네? 뭐라고요? 헤베시에서 노인이 목격됐다고요? 설마요, 지금 농담하시는 거죠? 그거야말로 말도 안 되는 소리잖아요. 외부인이 헤베시에 마음대로 들어갈 수 있는 것도 아니고……. 뉴스에 나왔다고요? 잘못 본 게 아닐까요? 머리를 하얗게 탈색한 사람일 수도 있잖아요. 주름요? 글쎄요, 그렇게 자세히 봤대요? 아직 확실하지는 않은 거죠? 새로운 소식이 있으면 저한테 알려 주실래요? 실험도시에서 벌어지는 일들은 외부에서 알 수 없는 경우가 많잖아요. 부탁드립니다.

틸리 하스, 헤베시에서 태어난 아이 1호

백발의 노인이 시의 경계에 출몰한 걸 봤다거나 하는 루머는 몇 년 전부터 있었어요. 흔해 빠진 도시 괴담일 뿐이죠. 저는 차라리 거대 고양이가 나왔다고 하는 이야기를 믿겠어요.

채널 17 뉴스, 헤베시의 뉴스 전문 채널

오늘 오후 세 시경, 채널 17 취재팀은 헤베시의 시청역 근방에서 빨간 후드 티의 노인이 나타났다는 제보를 받고 현장으로 달려갔습니다. 그리고 시청역 5번 출구 앞에서 일인 시위를 하는 노인을 발견했습니다. 노인이 든 피켓에는 '시장은 텔로미어 칩의 부작용을 밝혀라!'라고 적혀 있었습니다. 노인은 취재진이 다가가자 몹시 당황한 얼굴로 경계했지만, 방송사에서 나왔음을 밝히자 주저하지 않고 인터뷰에 임했습니다.

— **실례지만, 성함과 나이를 밝혀 주실 수 있을까요**?

— 이름은 밝히고 싶지 않고요, 나이는 서른일곱입니다. 실험도시가 설립될 때 10만 명 안에 발탁된, 1세대 시민이에요.

— **언제부터 이렇게 노화가 시작됐나요**?

— 6개월 전부터입니다. 처음에는 눈가에 잔주름이 생기고, 흰머리가 하나둘 보였습니다. 텔로미어 칩의 부작용이라는 것을 알게 된 건, 지난봄 정기 검진을 받고 나서였어

요. 그리고 건강검진센터에서 연락을 받았습니다. 검사 결과가 나왔으니 센터로 방문을 해 달라는 메시지였어요. 보통 결과는 메일로 보내 주는데 건강에 이상이라도 있나 싶어 걱정스러운 마음으로 찾아갔죠. 헤베시에서 병으로 죽는 사람들은 많진 않지만, 그렇다고 아주 없는 것도 아니니까요. 그런데 제가 텔로머라아제에 대한 유전형 변이가 있다면서, 부작용으로 급속한 노화가 진행될 거라고 하더군요. 저 같은 사람들을 위한 치료약을 개발 중이라며, 그때까지 불편하더라도 시의 경계로 이주해서 살아야 한다고요. 시에서 생필품을 조달해 주겠다고. 바깥 활동은 최대한 자제하고, 경계에서 벗어나는 일은 '절대' 없어야 한다며…… 만약 그런 일이 생기면 서로 불편한 일을 겪게 될 거라고. 그러더니 제 손목의 팔찌를 제거하고 다른 팔찌를 채웠어요. 마치 21세기에 성범죄자들한테 전자 발찌를 채운 것처럼 말입니다!

시의 경계로 이주할 때 제 자동차도 가져갈 수 없었어요. 시에서 부작용자들의 활동 범위를 제한한 겁니다. 권고 사항이라고 했지만 그건, 명백하게 강압적인 조치였어요.

— **이 문제를 가족들과 논의하셨어요? 가족들은 어떤 반응을 보였나요?**

— 가족은 없어요. 헤베시에서는 전통적인 가족이라는 개념을 따르지 않잖아요. 파트너와 아기를 갖는다고 해도 국가에서 보육을 전담하고 있으니까요. 그러다 보니 결혼을 하거나, 가정을 이루는 경우가 흔한 일은 아니죠. 매년 외부인들을 받아들이는 데에는 이런 이유도 있을 겁니다.

아, 헤베시 밖의 가족요? ……저희 부모님과 언니가 있었는데, 지금은 연락할 길이 없네요. 벌써 20년이 지났으니까요. 아시다시피 실험도시로 들어올 때는 외부 사람들과 절대 연락을 하지 않겠다는 각서를 써야 하잖아요. 그 부분만큼은 다른 실험도시들과 마찬가지로 헤베시에서도 엄격하게 관리하거든요.

— **새로운 팔찌를 차게 됐다고 하셨는데요. 어떻게 밖으로 나오실 수 있었죠?**

— 기관의 조치에 거부감이 없었던 건 아니지만, 견딜 수 있을 거라 생각했어요. 저는 활동적인 사람이 아니었고, 회사에 다니는 것도 마냥 즐겁지만은 않았거든요. 슬슬 다른 일을 하고 싶다고 생각하던 차에 쉴 수 있는 기회라며, 스스로를 위로했어요. 물론 정신적인 고통은 엄청났죠. 생각해 보세요. 20년 동안 변함없던 얼굴이 자고 일어나면 확확 달라지는데…… 눈가에 주름이 깊어지고, 광대 위에 기미

가 내려앉고, 흰머리가 늘어나고…….

하루에 일 년씩 늙어 갔다면 상상이 가세요? 매일 아침 낯선 사람을 보는 것 같았죠. 그건 정말 끔찍한 경험이었어요. 그렇게 석 달 정도 매일 급속도로 노화되다가 어느 순간 이 모습, 70대 노인의 모습이 되어 버렸습니다. 외모에 대해서는 거의 포기 상태였고, 거울을 볼 힘도 없었어요. 텔로머라아제 합성 물질의 부작용은 외모뿐만 아니라 장기도 급속히 노화시켰으니까요. 가만, 질문이 뭐였죠?

— 어떻게 밖으로 나오실 수 있었는지.

— 며칠 전이었어요. 저녁을 먹고 숨을 헐떡이며 침대에 누워 있는데, 이러다간 부작용 치료제가 개발되기 전에 죽을 수도 있겠다는 생각이 들더군요. 아니, 치료제를 개발하고 있기나 할까요? 더는 시간을 낭비할 수 없다, 이 생각 하나로 집에서 뛰쳐나왔습니다. 충동적이었죠. 시의 경계를 벗어나 중심가로 들어가야겠다는 생각뿐이었어요. 그런데 팔찌가 문제였죠. 제 손으로 풀 방법이 없었으니까요. 그때 그 사람을 만난 거예요. 네, 누군지는 말씀드리기 곤란하고 그냥 엘이라고 할게요. 엘은 저와 같은 부작용자였어요. 엘은 오랫동안 이런 일을 계획했다고 했어요. 팔찌를 해제할 방법도 알고 있었고요. 저는 엘과 많은 이야기를 나눴고,

시위에 참여하기로 했어요. 지금은 저 혼자 나와 있지만 머지않아 다른 부작용자들이 동참할 겁니다.

— **끝으로 하고 싶은 말이 있다면요.**

— 우리가 노인이 된 건 우리 잘못이 아닙니다. 격리된 채 살게 하는 건 인권 유린이에요. 시에서는 우리의 존재를 은폐하려는 시도를 멈춰야 합니다. 치료제의 개발 현황에 대해서 상세히 밝혀야 할 것이며, 우리가 헤베시의 시민으로 살아갈지 아니면 외부로 나갈지를 논의해야 할 것입니다.

* 채널 17에서 촬영한 인터뷰 영상을 arn에서 독점으로 입수했습니다.

크리스타 울프, 실험도시 17을 반대하는 모임 대표

놀랄 일도 아닙니다. 저희는 충분히 예상했던 일이니까요. 아무리 과학 기술이 발달했다고 해도, 세상에는 해야 할 일과 하지 말아야 할 일이 있다고 생각합니다. 실험도시 17은 처음부터 만들어지지 말았어야 하는 곳입니다. 그들이 이런 부작용을 예상하지 못했을까요? 아니라고 봅니다. 피터팬 신드롬에 빠진 미친 과학자들은 자신들의 연구 결과를 적용하기 위해 어떤 부작용도 감수했을 겁니다.

저는 과학자가 아니라 구체적인 용어는 모릅니다만, 텔로미어 칩의 기본 원리는 텔로머라아제를 삽입해 노화를 막는다는 것 아닙니까? 그런데 그 물질은 우리 몸속에서 자연적으로 만들어지는 것이 아니고요. 외부의 물질은 기본적으로 몸속의 세포와 호르몬 체계를 교란시킬 수밖에 없습니다. 몸이 견뎌 낼 리가 없죠. 이십 년 가까이 그런 저항을 겪게 되면 갑자기 노화 현상이 일어난다고 해도 하나도 이상할 게 없다고 생각합니다. 사실 저희는 실험도시 17에서 오래전부터 이런 부작용이 나타났고, 시에서 은폐하고 있었을 걸로 추정합니다.

노화는 질병이 아닙니다. 그런데 실험도시 17은 노화를 고쳐야 할 질병 내지는 심각한 부작용으로 만들어 버렸습니다. 다시 말씀드리지만, 노화는 질병이 아닙니다.

이제 시민들도, 국회도, 정부도 우리들의 주장에 귀를 기울일 때입니다. 저희는 실험도시 17 관련 입법 개정안과 청원서를 수차례 국회에 제출했지만 번번이 무시당했습니다. 다음 정기 국회에서 입법 개정안이 상정된다면, 실험도시 17뿐만 아니라 우리 사회 전체에 긍정적인 영향을 줄 거라 확신합니다.

와우, 정말 거대 고양이가 나타났네요. 백발노인이라니, 여전히 믿어지진 않지만요. 제 생일에 칩을 심지 않을 생각이 있냐고요? 왜 그럴 거라고 생각하세요? 고작 부작용자 몇 명 때문에요?

저는 평생 여기에서 살았어요. 실험도시에서 태어난 최초의 아이로 언제나 주목받고 살았죠. 그 사실은 앞으로도 변하지 않을 거고요. 칩을 심지 않으면 실험도시에서 외부로 나가는 최초의 아이가 될 텐데, 오, 정말 그러고 싶지는 않아요.

부모님이랑 상의해 봤냐고요? 저희 부모님이 무슨 말씀을 하실 수 있겠어요. 좀 불안해하는 거 같긴 해요. 특히 아빠가요. 아빠 회사에 다니던 사람 중에 시 경계 쪽으로 파견 근무를 나간 사람이 있다나 봐요. 그런데 알고 보니 그 사람이 부작용자였던 거예요. 가까이 있던 사람이 그런 일을 겪었다니, 더 피부로 와닿는 모양이에요.

아, 그냥 솔직히 말할게요. 편집하려면 하세요. 우리 아빠 때문에 진짜 짜증 나요. 어젯밤에는 저한테 틸리, 너에게는 아직 선택권이 있어, 하더라니까요! 선택권이라뇨. 제가 바깥세상에서 어떻게 적응하고 살겠어요? 텔로미어 칩 부작용자처럼 생긴 노인들이 널려 있을 거 아니에요? 노인이라뇨, 상상만 해도 소름이 끼칠 것 같은데요. 제가 부작용을 겪지 않을 거라 장담할 수 있냐고요? 피디님, 그건 좀 지나친 말 같은데요. 안 되겠어요. 더 이상 인터뷰에 응하지 않겠습니다. 지금까지 한 제 촬영분도 삭제해 주세요.

우리는 텔로미어 칩의 부작용의 원인에 대해 자세히 파악하기 위해 권터 반트 박사에게 연락했다.

— **박사님, 급격한 노화의 원인은 뭡니까**?

……….

— **현재 부작용을 겪는 시민이 몇 명이나 있습니까**?

……….

— **부작용에 대한 치료제는 만들어지고 있나요**?

……….

— **박사님, 무슨 말씀이라도 좀 해 주시죠.**

— 기밀이라 말씀드릴 수 없습니다.

반트 박사는 지난번 인터뷰와 확연히 다른 태도를 보이고 황급히 전화를 끊었다.

에밀 정, A 고등학교 1학년

네, 저도 어제 인터뷰를 봤어요. 충격적이었죠. 어젯밤에 한숨도 못 잤어요. 일주일 후면 귀 뒤에 칩을 심어야 하는데, 그 칩을 심는 순간 언제고 급노화할 수 있는 위험을 떠안게 되는 거잖아요. 건강하게 오래 살고 싶어서 헤베시에 입주 지원을 했는데 그 반대가 될 수도 있다는 얘기니까요. 물론 소수겠죠. 하지만 알려지지 않은 사람들이 얼마나 더 있는지는 모르겠고, 1퍼센트의 확률이라고 해도 100명 중 한 명은 그렇게 된다는 의미니까 겁이 나죠. 저는 그렇게 운이 좋은 편이 아니거든요. 비이성적이라고 생각하실지 몰라도 꼭 제가 그 한 명이 될 것 같은 두려움이 있어요.

사실은 어제저녁에 남자 친구랑 만났어요. 합격 통지 문자를 받고 나서 줄곧 연락을 피하고 있었는데, 어제는 저도 마음이 흔들리던 차에 그 애한테 연락이 온 거예요. 당연히 실험도시에 들어가지 말라고 저를 설득하러 왔죠. 헤베시도 지금까지의 다른 실험도시들처럼 곧 실패 판정을 받을 거다, 그냥 나랑 같이 평범하게 나이 들어 가는 게 어떠냐, 그런 말을 하는 거예요. 아직 열일곱 살짜리가요! 같이 나이 들어 가자니, 애늙은이 같은 얘기죠.

어떻게 보면 헤베시 때문에 우리 또래가 더 노화에 집착하게 된 거 같기도 해요. 우리 엄마가 내 나이 때는 열일곱 살로 평생을 살 수 있다는 선택지 자체가 없었으니까 아예 이런 고민을 하지 않았겠죠. 헤베시가 만들어지고 나서 사람들이 열일곱이라는 나이에 유독 신경 쓰게 된 건 사실이니까요. 그런데 저한테 위로의 말을 쏟아 내는 남자 친구의 표정이 묘하게 신이 난 것처럼 보였어요. 입꼬리가 말려 올라가는 걸 막으려고 억지로 심각한 표정을 지으려는 꼴을 보니 내 불행이 그 애한테는 행복인가 싶어 울컥 화가 치밀더라고요. 그래서 소리쳤어요. 내 결정은 바뀌지 않으니까 내 앞에서 그런 표정 짓지 말라고. 남자 친구는 정곡을 찔렸는지 멍한 얼굴이 됐고, 저는 그 길로 집에 돌아와 버렸죠.

막상 큰소리를 치고 집에 오긴 했는데, 책상 앞에 앉아 있으려니 또다시 원점으로 돌아가는 거예요. 어찌나 갈피를 잡을 수 없던지 누군가 대신 결정해 줬으면 좋겠다는 생각까지 들었어요. 그래도 사흘 안에는 마음을 정해야겠죠.

레오니 슈미트, S 사립학교 1학년

저는 이런 일이 벌어질 줄 알았어요. 저희 엄마가 입버릇처럼 하는 말이 있거든요.

'공짜에는 언제나 부작용이 따른다.'

헤베시는 완전히 실패했다고 생각해요. 정부에서도 실험

도시 같은 데 예산을 낭비하느니 에버영의 보급을 확산하는 게 나을 거예요. 그렇게 되면 시장에 다양한 에버영 모델이 출시되겠죠. 가난한 노인들에게 무료로 제공할 보급형 모델을 포함해서요. 어때요? 멋진 계획이지 않나요? 훨씬 안전한 안티에이징 방법이 될 거예요. 제 말이 틀렸나요?

크리스타 울프, 실험도시 17을 반대하는 모임 대표

드디어 변화가 일어나고 있습니다. 부작용자들이 손에 손을 잡고 실험도시 17의 폐쇄를 외치고 있어요. 시의 비윤리적인 행위를 규탄하고, 거리로 나온 사람들을 응원합니다. 저희는 비록 함께 손을 잡을 수는 없지만 그분들을 위한 후원금을 마련하는 것으로 마음을 보탤 예정입니다.

실험도시 17은 실패했습니다. 사람들에게 불로불사라는 환상을 심는 일은 이것으로 중단되어야 합니다. 노화를 치료해야 한다는 생각은 틀렸습니다. 인간은 유한한 존재입니다. 그렇기 때문에 우리 삶이 더 소중한 것이고요. 가장 인간다운 것은, 자연스럽게 늙어 가는 것입니다.

에밀 정, A 고등학교 1학년

네, 우리 학교에서 저와 같이 선정된 아이가 헤베시 입주를 포기했다는 얘기를 들었어요. 솔직히 말하면 저도 거의 포기할 뻔했어요. 할머니가 아니었다면 말이에요. 그저께였어요. 아르바이트를 마치고 집에 갔는데 현관문을 열자마자 비릿한 악취가 풍기더라고요. 구역질이 저절로 나오는 걸 참으며 들어갔더니, 주방 바닥이 온통 미끈거리는 노란 액체로 뒤덮여 있었어요. 달걀이었죠. 냉장고에 있던 달걀이 전부 바닥에 깨져 있었어요. 할머니는 그 위에서 스케이트를 타듯 이리저리 미끄러져 다녔어요. 최근에 본 할머니의 얼굴 중에 가장 행복한 표정이었어요. 그럴 수밖에 없죠. 할머니는 젊었을 때 스케이트 선수였으니까요.

제가 들어오든 말든 관심도 없었어요. 콧노래를 흥얼거리며 주방 바닥에서 회전을 하는데, 저러다 쓰러지면 어쩌나 하는 생각이 드는 동시에, 그대로 쓰러져서 모든 게 끝났으면 좋겠다는 생각이 들더라고요. 알아요. 끔찍한 생각이죠. 하지만 나쁘다는 걸 알면서도 저절로 그런 생각이 들어요. 요즘 들어 병세가 악화됐는지 정말 이상한 행동을 많이 하시거든요. 달걀이 처음이 아니었어요. 입에 담기 어려운 일들도 많았죠.

그래서 결심할 수 있었어요. 치매의 공포를 안고 사는 것보다는 부작용의 공포를 안고 살아가는 편이 낫겠구나. 텔로미어 칩 부작용은 적어도 백 퍼센트는 아니니까요.

엄마한테 이 짐을 다 넘기고 간다 생각하면 죄책감이 들기도 해요. 그렇지만 엄마도 자신이 원한 인생이니까 제가 뭐라고 할 수는 없잖아요. 요양원 같은 시설에 맡겨도 되는데 엄마가 할머니를 곁에 두길 원하니까…… 결국 사람들은 합리적이지 않더라도 자신이 원하는 대로 살아가는 거 같아요. 위험 부담을 안고서라도 마음이 가는 쪽을 선택하는 거죠. 저는 텔로미어 칩을 심는 쪽으로 마음이 가는 거고요.

*

에밀이 칩을 심는 날, 우리는 헤베시의 사전 허가를 받고 헤베시의 TC-17 연구센터까지 에밀과 동행하기로 했다. 실험도시 경계에서 신분증 검사를 받고 도시 안으로 진입하자 놀라운 광경이 눈앞에 펼쳐졌다. 시의 경계를 따라 손에 손을 잡고 늘어서 있는 노인들. 아니, 그들을 노인이라 부를 수는 없을 것이다. 말로만 듣던 텔로미어 칩 부작용자들의 시위가 벌어지고 있었다. 그들을 본 에밀은 눈에 띌 정도로 몸을 떨었다.

— **기분이 어때요**?

— 무서워요. 솔직히 지금도 0.1초 단위로 마음이 변하고 있어요. 차라리 지금 정신을 잃고, 정신을 차려 보면 귀 뒤에 칩을 심은 상태면 좋겠어요.

— 지금이라도 돌아가고 싶은 마음은 없나요? 우리는 언제든지 차를 돌려 이곳을 나갈 수 있어요.

— 없어요. 전혀.

단호하게 말한 에밀의 입가가 떨렸다. 그때부터 에밀은 창밖만 바라볼 뿐 취재진과 아무런 대화도 하지 않았다. 우리는 에밀의 선택에 대해 옳고 그름을 판단하고자 동행한 것이 아니므로 더 이상의 질문은 하지 않았다. 사실 우리조차 어떤 것이 옳은 방향인지 알 수 없었다. 마침내 TC-17 연구센터 주차장에 도착했다. 차를 세우자 에밀은 우리에게 공손히 인사하고 자기 몸보다 더 큰 여행 가방을 끌고 센터 안으로 들어갔다.

‘실험도시 17의 입주자를 모집합니다.’

어느 날, 여러분은 이런 뉴스를 보게 됩니다. 실험도시 17에 들어가면 열일곱 살의 외모로 늙지 않고 평생 살아갈 수 있다는군요. 할머니나 할아버지가 되지 않는다니, 좋은 기회네요!

단, 실험도시 안으로 들어가면 지금의 가족들과는 만날 수도 연락을 할 수도 없대요. 대신 실험도시 안의 사람들과 공동체를 만들어 살아가게 되지요. 영원한 젊음을 갖는 데 그 정도는 감수해야 하지 않겠어요? 이런, 자칫하면 부작용을 겪을 수도 있다는데…….

여러분, 모집 기간이 얼마 남지 않았답니다. 어서 마음의 결정을 하세요.

묽은 것

최영희

큰 우물 뒤편 허공이 출렁거렸다.

지난번에 엽이를 뱉어 낸 뒤로 꼭 열흘 만의 소용돌이였다.

사람들은 우물 쪽을 흘깃거리다가 이내 눈길을 거두었다. 논두렁에서 참새를 잡던 꼬마 엽이는 새총을 다시 겨누었고, 촌장님은 손수 만든 부채에 기름을 마저 먹였다. 지게 가득 나무를 해 오던 현배 아저씨도 땔감 창고로 발걸음을 재촉했고, 공숙이 이모는 긴 주걱으로 조청을 저었다.

여문은 달랐다.

과녁이 있는 억새밭에 가다 말고 우물 쪽으로 발길을 돌렸다. 누굴 뱉어 낼지는 소용돌이 맘이었으므로 모종의 기대 같은 건 품지 않았다. 여문은 그저 누가 왔는지 확인하려는 것이었다. 여문이 우물터로 들어설 즈음 소용돌이는 체구가 자그마한 노파를 뱉어 냈다.

노인은 가쁜 숨을 토해 내며 몸을 일으켰다. 여문은 잠자코 보기만 했다. 노인은 휘우듬한 걸음으로 가까스로 우물의 바람벽까지 걸어갔다. 노인에게 필요한 건 누구의 도움이 아니라 시간이었다. 알에서 깨어난 병아리가 축축한 깃털을 말리는 데 걸리는, 그 정도의 시간이면 충분했다. 노인은 자신의 이름이나 택호가 무언지, 무얼 잘하는 사람인지 스스로 깨달은 뒤, 누가 알려 주지 않아도 촌장님 댁으로 갈 것이다. 촌장님이 오두막 하나를 내어 주면 노인도 이제 이 마을 사람이 된다. 까치울의 열두 번째 주민이 되는 것이다.

앞서 열한 명도 이 같은 방식으로 까치울에 도착한 터였다.

노인이 회화나무 길로 접어드는 걸 확인한 뒤 여문도 돌아섰다. 회화나무 길 끝에는 촌장님 집이 있었다.

억새밭에는 과녁 두 개가 마주 보고 있었다. 여문은 동심원의 중심에서 단검을 뽑아낸 뒤 반대편 인체 모형 널빤지를 향해 던졌다. 단검은 정확히 나무 인간의 목덜미에 꽂혔다. 여문이 다시 동심원 과녁을 노려보고 섰을 때였다. 꼬마 엽이가 제 키보다 웃자란 억새를 헤치며 달려왔다.

"여문 누나! 큰일 났어!"

그러거나 말거나 여문은 단검을 던졌다. 딱! 이번에도 명중이었다.

엽이가 숨을 할딱거리며 여문의 손을 잡아끌었다.

“급하다니까! 또 왔어! 사람이 또 하나 도착했다고!”

그제야 여문은 엽이에게 눈길을 주었다. 지금껏 소용돌이는 못해도 여드레 이상의 간격을 두고 사람을 뱉어 냈다. 노파가 도착한 지 반나절도 되지 않아 한 사람이 또 왔다는 건 확실히 변칙적이었다.

“누군지 봤어?”

“이상한 말을 쓰는 벌거숭이 아저씨야. 키는 현배 아저씨랑 비슷하고, 공숙이 이모가 그러는데 일본 사람 같대.”

“뭐?”

여문은 과녁에서 단검을 뽑아 들고는 우물로 달려갔다.

엽이가 전한 그대로였다. 열세 번째 사람은 벌거벗은 일본인 중년 남자였다. 남자의 한쪽 뺨과 턱에 생긴 지 얼마 되지 않은 손톱 자국들이 있었다.

“유메다! 유메다!”(이건 꿈이야!)

남자는 머리를 감싸 쥐고 같은 말을 되뇔 뿐 촌장님 댁으로 가지 않았다. 여문의 예상대로 남자는 까치울에 살려고 온 사람이 아니었다.

“아저씨, 사람들을 다 데리고 가 주세요. 우물이 보이지 않는 곳으로요.”

여문은 현배 아저씨에게 부탁해서 주변을 물리쳤다.

우물에는 일본인과 여문 둘만 남았다. 그제야 일본인도 여문에게 눈길을 주었다. 공포와 무구한 절망, 분노가 두서없이 갈마드는 얼굴이었다. 여문은 단검을 쥐고 거리를 훌쩍 좁힌 뒤 상대의 목을 그었다. 한 치의 오차도 없이 경동맥을 가로질렀다.

꿀렁꿀렁 피가 쏟아졌고, 상대는 피가 흥건한 바닥으로 무너져 내렸다. 시신은 마을 어른들이 데려다가 침엽수림에 묻었다.

해 질 녘, 촌장님이 여문을 따로 불렀다.

"네가 그 사람을 죽였다면 그래야 하는 이유가 있으리라 믿는다. 하지만 앞으로 이 같은 일이 또 벌어지지 말란 법이 없으니 사람들이 알아듣게 설명은 해 줘야 할 것 같다."

"왜 죽여야 했는지는 저도 몰라요. 그냥 촌장님이 마을에 온 첫날부터 제게 글을 가르쳤고, 현배 아저씨가 첫날부터 산에 가서 땔감을 구해 왔던 것처럼, 저도 그놈을 죽여야 했어요. 그게 제가 이 마을에서 맡은 역할이었어요. 아까 엽이한테서 일본인이 나타났다는 말을 들었을 때부터 내 손으로 놈을 영원히 잠재워야 한다는 걸 알았어요."

"한 가지만 더 물으마. 너도 우리처럼 소용돌이가 뱉어낸 게 맞느냐?"

여문은 까치울에 도착한 첫 번째 사람이었다. 그러다 보니 소용돌이가 여문을 뱉어 냈다는 사실을 증명해 줄 사람이 없었다.

“네. 다른 사람들처럼 어지럼증이 가시자마자 곧장 촌장님 댁으로 왔어요. 그리고 여기 글방에서 여드레 동안 촌장님을 기다렸어요.”

“그래, 그랬지.”

그날 글방에 혼자 엎드려 있던 여문을 발견한 게 촌장이었다. 여문에 이어 두 번째로 마을에 도착한 사람이 촌장이었던 것이다.

촌장은 일지를 펼쳐서 오늘 일을 기록했다. 까치울에 도착한 첫날부터 꼼꼼하게 마을의 대소사를 기록해 온 일지였다.

“그자의 이름이라도 알았으면 좋으련만…….”

촌장이 혀를 차는데, 누군가 글방 문을 두드렸다. 아침나절에 도착한 노파였다. 노파는 이름 대신 부평댁이라는 택호를 썼다.

“말린 감을 넣고 설기를 좀 쪄 봤는데. 여문이 맵떡 좋아허지?”

부평댁 할머니가 채반을 덮었던 헝겊을 젖히자 달큼한 김이 올라왔다. 할머니는 맵떡을 찌려고 까치울에 온 것이다. 설기떡은 달고 물러서 여문의 입맛에 맞았다. 촌장은 여문이 설기떡 한 덩이를 해치울 때까지 기다렸다가 다시 입을 떼었다.

"여문아, 까치울 사람들 모두 널 혈육으로 여긴다는 걸 명심해라."

여문은 설기떡 두 덩이를 싸들고 촌장님 댁을 나섰다. 촌장님의 마지막 말은 매순간 다른 의미로 다가왔다. 목공소 앞을 지날 때만 해도 단검을 휘두르다 부상을 당하지 않도록 조심하라는 당부로 이해했다. 하지만 우물 아랫길을 따라 집에 오는 길에는 마을 사람들을 속이지 말라는 경고로 해석되었다. 하늘에 맹세코 여문은 촌장님에게 거짓말을 한 적이 없었다.

사소한 진실 하나를 누락시켰을 뿐.

소용돌이에서 튀어나올 때 마을 사람들은 죄다 빈손이었다. 계절에 맞게 입은 옷 한 벌이 전부였다. 하지만 여문은 처음부터 칼을 쥐고 있었다. 신체 일부처럼 손에 익은 단검이었다. 그 차이가 무얼 의미하는지는 여문도 알지 못했다. 의미를 모르니 섣불리 털어놓을 수도 없었다.

여문은 때가 되었음을 알았다. 사실 까치울 주민의 머릿수가 열둘로 늘어나는 동안 버티고 또 버틴 참이었다. 이제는 여문도 알아야 할 것 같았다. 왜 소용돌이에서 사람들이 튀어나오는지, 왜 여문은 검을 쥐고 왔는지, 다들 어디서 왔는지 그리고…….

"소용돌이 이전에 난 대체 누구였을까?"

*

여문은 새벽같이 길을 나섰다. 촌장님께 따로 말씀드리진 않고 오두막에 편지를 놔두고 떠나온 길이었다. 여문이 마을을 떠난 사이 또 일본인이 오면 현배 아저씨와 공숙이 이모가 책임지고 놈의 숨통을 끊어 달라는 당부의 편지였다. 짐은 헝겊에 싼 설기떡 두 덩이와 단검으로, 단출했다.

마을의 경계석은 억새밭 끝에 있었다.

까치울은 왼편의 침엽수림과 오른편의 화강암 절벽 사이에 감춰져 있었다. 절벽과 침엽수림의 경계에 가느다란 오솔길이 있었지만 그마저도 짙은 숲 그늘에 가려져 외부 사람들 눈에는 보이지 않았다.

밤마다 여문을 뒤척이게 만드는 물음들.

그 답을 구하려면 타지로 나가는 수밖에 없었다. 화강암 절벽의 마지막 모퉁이를 돌아 나가자 황무지가 나왔다. 황무지 끄트머리 작은 샛강에서 목을 축이고 다시 오 리쯤 더 가자 드문드문 집들이 보였다. 아낙 하나가 옆구리에 바구니를 끼고 골목 어귀를 나오다가 여문을 보더니 기겁하고 달아났다. 어리둥절하긴 여문도 마찬가지였다. 스치듯 보았을 뿐이지만 아낙의 몸이 어딘가 불편해 보였던 것이다. 마을을 가로지르고 고갯마루를 넘어가자 도시가 나왔다.

신작로로 접어든 여문은 사람들의 몸이 자신과 다르다

는 걸 깨달았다. 아까 작은 마을에서 아낙과 마주쳤을 때만 해도 여문은 아낙의 몸이 기이하다고 생각했다. 하지만 신작로에서 마주친 사람들도 아낙과 다르지 않았다.

남들과 다른 건 여문이었다.

세상 사람들이 여문과 같은 몸을 지닌 이들을 두고 무어라 하는지 알게 된 곳은 도시의 시장통이었다. 여문 앞에서 처음 그 말을 입에 올린 건 생과자를 파는 노인이었다.

"묽은것이 왔구먼."

아닌 게 아니라 여문은 그네들보다 조금 묽었다. 물감에 물을 잔뜩 타서 그린 풍경화처럼 몸체가 옅고 투명했다. 엄마를 따라 시장 구경을 나온 꼬맹이가 엄마의 치맛자락을 잡아끌었다. 자기가 본 신기한 광경을 엄마에게도 보여 주고 싶어서였다. 여문의 몸 저편으로 더러운 바람벽과 그 앞에 쪼그리고 앉은 생과자 장수가 훤히 비쳤던 것이다. 그제야 여문은 세상 사람들이 묽지 않으며, 바위나 나무처럼 제각각 풍경을 가로막고 있다는 사실을 깨달았다.

그 너머가 보이지 않는 사람이라니!

까치울에선 상상도 못 할 일이었다. 까치울에서는 모두가, 심지어는 여문의 손에 숨이 끊어진 일본인조차도 몸이 투명했으니까.

여문은 다리가 떨렸다. 도시 사람들을 만나면 소용돌이가 왜 사람을 뱉어 내는지 물어볼 생각이었다. 까치울에서는 구할 수 없던 답을 구하고, 마지막에는 자신이 누구였는지 알아내고 싶었다. 하지만 도시 사람들에게 여문은 그저 묽은것이었다.

열 살쯤 돼 보이는 남자아이가 여문을 겨냥하여 돌을 던졌다. 돌은 안개를 관통하듯 여문의 몸을 뚫고 지나가서 어느 가게 처마 아래로 떨어졌다. 물론 여문은 조금도 다치지 않았다. 저들에게 여문은 묽고 만질 수 없는 무엇이었다. 허리춤의 단검을 만지작거리자 다시 용기가 났다. 여문은 생과자 장수에게 물었다.

"저 같은 사람이 이 도시에 또 있습니까?"

"너 같은 사람? 묽은것이 별소릴 다 하는구나. 네가 어째 사람이냐? 너는 묽은것이지."

"저처럼 묽은것이 또 있느냐는 말씀입니다."

"원래는 어쩌다 하나씩 눈에 띄었는데 올 들어서는 심심찮게 보이더구나. 저기 기차역 주변에 가 보아라. 거기 자주 나타나는 것들이 있으니."

과연 기차역에는 여문처럼 묽은것들이 있었다. 여문 또래의 여자아이 둘이었다. 증기 기관차가 요란한 소리를 내며 역으로 들어오자 묽은것들은 기겁을 하며 뒤로 물러났다. 그러더니 서로 꽉 껴안고서 몸을 떠는 것이었다.

"기차가 무서워 그러시오?"

여문이 다가가 물었다.

"기차를 타면 안 됩니다. 그쪽도 이리 오시오."

머리를 두 갈래로 땋은 아이가 여문의 소매를 잡아끌었다. 여문은 땋은 머리가 이끄는 대로 끌려가서 쪼그리고 앉았다. 아이들은 팔을 뻗어 여문의 몸을 단단히 두르고서 기차가 떠날 때까지 기다렸다. 증기 기관차 소리가 완전히 사라져서야 아이들은 몸을 풀고 일어났다.

"기차를 무서워하면서 왜 역에 있는 거요?"

"그야…… 우리가 역에서 태어났으니 그러지요."

단발머리가 선로 근처의 허공을 가리켰다. 그게 무얼 의미하는지는 캐물을 필요도 없었다. 두 아이는 이 역사(驛舍)의 소용돌이가 뱉어 낸 존재들이었다.

"그럼 여기 온 뒤로 줄곧 역에서만 지냈던 거요?"

"달리 도리가 없잖아요."

단발머리가 체념한 얼굴로 역사 벽에 등을 기댔다.

여문은 이들에게 묻고픈 게 많았다. 우리는 왜 묽고 저들은 묽지 않은지, 우리를 이 세상에 뱉어 낸 소용돌이의 정체는 무엇인지, 우리는 누구인지……. 저 아이들도 답을 모르긴 마찬가지겠지만 각자 아는 것들과 추측하는 바를 하나씩 조합해 나가다 보면 그럴싸한 가설에라도 다가갈 수 있을 터였다.

기차역은 그런 가설을 세우기에 적당한 장소가 아니었다. 사람들이 몰려들고 있었다. 특히 눈에 호기심이 자글자

글한, 묽지 않은 꼬마들이. 여문은 두 사람을 까치울로 데려가고 싶었다. 깎아지른 화강암 절벽과 침엽수림에 가려진 까치울로 들어가면 묽지 않은 것들의 방해를 받지 않고 이야기를 나눌 수 있을 테니까. 하지만 여문이 까치울 이야기를 꺼내려는 찰나 낯선 목소리가 불쑥 끼어들었다.

"오늘은 셋이구먼."

검은 정장을 멀끔하게 차려입은 중년 남자였다. 곁에는 시종인지 조수인지 모를 남자아이가 서 있었다. 나이는 여문보다 두엇 위로 보였다.

땋은 머리가 여문에게 귀엣말을 했다.

"그냥 무시해요. 며칠째 우리를 구경하러 오는 인간입니다. 우리도 모르는 것들을 꼬치꼬치 캐물어요. 일본인 교수라던데……."

일본인이라는 말에 여문의 손이 먼저 반응했다. 허리춤에서 단검을 뽑아 들고는 상대의 목을 겨누었다. 그러자 교수 옆에 있던 남자아이도 단검을 뽑아 들었다. 여문의 눈길이 남자아이에게로 옮아갔다. 머리 밑이 파르라니 비칠 정도로 짧게 자른 머리에 감색 두루마기 차림이었다. 길에서도 이따금 마주칠 법한 평범한 인상의 아이였다. 일본인을 위해 칼을 든다는 점만 빼면.

"소문으로만 듣던, 일본인에게 영혼을 팔아먹은 조선인이냐?"

"조선은 우리가 태어나기도 전에 무너졌다. 그러니 누군가에게 팔아넘길 조선인의 영혼 같은 건 처음부터 없었어."

여문은 입술을 깨물었다.

태어날 때부터, 아니 소용돌이에서 떨어져 나왔을 때부터 여문의 머릿속에는 두 가지 행동 강령이 있었다. 일본인 남자는 죽여야 한다는 것, 상대의 급소를 노려서 고통을 덜어 주어야 한다는 것. 하지만 일본인에게 들러붙은 조선인에 관한 건 없었다.

여문은 다시 일본인 교수에게 집중했다. 저런 정장 차림의 남자들은 상의 안주머니에 줄시계 따위의 물품을 넣고 다니는 경우가 많았다. 칼끝이 잡동사니에 걸리면 속도가 무뎌지게 마련이고 상대의 생존 확률이 높아진다. 그러니 이번에도 급소는 목이었다.

여문은 늙은 교수를 과녁 삼아 튀어 올랐고 동시에 남자아이도 솟구쳤다. 여문의 단검은 일본인의 경동맥을 깔끔하게 지나갔고, 남자아이의 칼은 여문의 우측 하복부에 깊숙이 박혔다.

땋은 머리와 단발머리가 비명을 질렀지만…… 아무 일도 일어나지 않았다. 여문의 칼은 일본인의 몸에 미세한 흠집조차 내지 못했고, 남자아이의 칼은 묽은것의 배를 허무하게 스쳤을 뿐이었다. 묽은것과 묽지 않은 것은 서로에게 닿지 못했다.

"좋았어! 좋았어! 자네 덕에 궁금증 하나가 해결되었네."
일본인 교수가 손뼉을 쳤다.
"묽은것들과 인간은 물리적 충돌이 불가능해."

*

일본인이 눈앞에 있는데 죽일 수가 없었다.

여문은 무력하기 짝이 없는 제 손을 내려다보았다. 손바닥 아래로 바닥의 흙과 잔돌이 비쳤다. 묽고 투명한 몸으로는 묽지 않은 인간의 털끝 하나 건드릴 수가 없었다.

일본인이 다가왔다. 일본인은 이부키 교수였다. 한때는 대학에서 '전파'라는 것을 연구하고 가르쳤고, 전파를 활용한 설비를 개발하는 일을 했으나 지금은 묽은것들을 찾아다닌다 했다. 이부키 교수가 밝힌 이유는 간단했다.

"더 흥미롭고 연구할 가치가 있는 것에 끌렸다고 해 두지."

그리고 놈은 여문의 약점을 정확히 꿰고 있었다.

"자기 자신에 대해 궁금한 게 많은 얼굴이군. 그래서 말인데 그 수수께끼들을 함께 풀어 보는 게 어떻겠나? 그간 내가 모아 둔 자료들도 있으니 도움이 될 걸세."

일본인만 아니었다면 이부키 교수의 지식을 빌리고 싶었다. 마을의 경계석을 넘어 이 도시까지 온 것도 소용돌이에 대해 알 만한 사람을 만나기 위해서였으니까. 하지만 여문은 단검을 기억했다. 일본인이 눈앞에 있을 때 상대를 어찌할지 결정을 내리는 건 칼이었다.

"내가 협조하면 이 칼로 당신 목을 자를 방법이라도 찾아 줄 거요? 내가 바라는 건 당신 모가지밖에 없는데 말이오."

여문은 일본인의 발치에 묽은 침을 뱉어 놓고 땋은 머리와 단발머리에게 돌아갔다. 같이 가자는 여문의 제안에 두 사람은 고개를 저었다. 여문은 그들을 이해할 수 있었다. 꼬마 엽이가 새를 사냥하고 현배 아저씨가 땔감을 해 나르고 여문이 칼을 쥐듯, 저들에게도 부여된 삶의 의무와 경계면이 존재하는 것이다. 땋은 머리와 단발머리는 증기 기관차의 도착과 출발을 지켜보기 위해 이곳에 온 것이다. 까치울 사람들과 마찬가지로 소용돌이 이전의 기억을 복원하기 전에는 그 일에서 벗어날 수가 없을 터였다.

감색 두루마기가 따라붙었다. 미행이 아니라 노골적으로 서너 걸음 간격을 두고 쫓아왔다. 여문을 밀착 감시 하라고 일본인이 시킨 게 분명했다. 여문은 아까 왔던 길을 되밟는 대신 시장통 반대편 길을 택했다. 이국적인 느낌의 집들이 즐비했다. 회칠을 한 벽의 가장자리와 상단에 목재 비늘판이 덧대져 있고, 1층과 2층 사이에는 기와를 얹은 처마 지붕이 있었다.

"날 따돌리겠다고 아무 골목이나 막 들어가니까 그렇지. 여긴 일본인 주택지야."

여문의 걸음에서 낭패감을 읽었는지 감색 두루마기가 비아냥거렸다. 하는 수 없이 여문은 골목을 돌아 나와 시장 골목을 따라 걸었다. 생과자를 파는 노인이 여문을 알은체 했다.

"그래, 역에 있는 동무들은 만나 봤고? 칠하다 만 그림처럼 생긴 꼴이 딱 너 같지?"

여문은 가볍게 고개를 숙여 보인 뒤 시장통을 빠져나왔다.

도시를 벗어날 즈음 해가 졌다.

여문은 길가 언덕에 앉아 종일 품고 다닌 설기떡을 꺼냈다. 남자아이는 저만치 도랑으로 내려가 목을 축였다. 여문은 문득 짚이는 게 있어서 설기를 뜯어 먹다 말고 감색 두루마기에게 갔다.

"이거……."

여문이 설기떡 한 덩이를 내밀자 두루마기가 픽 웃었다. 어차피 만지지도 먹지도 못할 것으로 자신을 조롱한다 생각한 모양이었다.

"날 관찰하라고 일본놈이 보낸 거 맞지? 묽은것들에 대해 뭐 하나라도 더 알아내고 싶으면 손 좀 내밀어 봐."

그제야 두루마기는 주춤주춤 몸을 일으킨 뒤 손바닥을 펴 보였다. 여문은 숨을 가다듬고 남자아이의 손에 집중했다. 떡과 손바닥의 간격이 차츰 바특해지다가 마침내 맞닿았다. 떡은 묽은 모습 그대로 감색 두루마기의 손바닥에 얹혀 있었다.

"턱없이 가벼운데…… 그래도 만져져."

감색 두루마기는 떡을 천천히 입으로 가져갔다. 그러고는 묽은 떡을 베어 먹었다.

"먹어도 배가 부를 것 같진 않아. 과거의 맛? 어제 먹은 설기떡의 맛? 그런 느낌이야. 입에서 달착지근한 향은 맴도는데 목으로 넘어가는 게 없어. 묽어, 너처럼."

감색 두루마기는 의외로 꼼꼼한 설명을 곁들였다. 일본인 교수가 단순히 칼잡이로 부리려고 곁에 둔 건 아닌 듯했다.

"그런데 나한테 떡을 줄 생각은 어떻게 한 거지? 네 칼이 교수님의 목에 아무런 상처도 내지 못하는 걸 봤잖아. 교수님 말처럼 묽은것과 인간은 물리적 충돌이 불가능한데 말이야."

"그놈 말을 진리로 받아들여야 할 이유가 없으니까. 나는 내 방식으로 나에 대해 알아낼 거야. 필요한 실험 한 가지를 방금 수행했고 말이지. 그 떡과 네 손바닥으로."

여문은 도랑가에 퍼질러 앉아 남은 떡을 마저 먹었다. 감색 두루마기도 묽은 떡을 뜯어 먹었다.

"실은 아침나절에 나도 이 도랑에서 물을 마셨거든. 그 일본놈 말대로 묽은것과 묽지 않은 것이 서로의 목숨을 해할 정도로 충돌하진 못할지도 몰라. 하지만 나도 너랑 같은 물을 마셔. 같은 언덕에 앉아 쉬고 같은 신작로를 건너고

차나 달구지를 만나면 비켜선다고. 그러니 선부른 결론을 내리기 전에 다른 물건을 매개로 실험을 더 해 봐야지."

"교수님은…… 너희가 물리적 실재인지 아닌지 규명하려고 하셔."

"물리적 실재가 뭔데?"

"너희가 헛것이 아니라 물리적 실재라면 환경이나 사물, 인간과 반응하는 규칙이 있을 거라고 하셨어. 만약 네 칼이 사람의 살을 뚫을 수 없고 내 칼이 네 몸을 찌를 수 없다면…… 나는 이 떡도 만질 수 없어야 해. 그래야 말이 돼."

"그럼 내가 헛것이란 뜻이야?"

"아니. 내가 이 떡을 만지고 맛본 이상 넌 헛것이 아니야. 아직 밝혀내지 못한 무엇이지. 네 생각은 어때? 넌 네가 뭐인 것 같아?"

"글쎄. 아까 그 시장통 할아버지의 말씀이 맞는지도 모르지. 칠하다 만 그림 같은 것."

여문은 도랑물에 손과 입을 씻고 다시 걸었다.

달이 동남쪽 하늘에 자리 잡았을 즈음 감색 두루마기가 이름을 물었다.

"여문. 성은 몰라. 난 곳도 부모도 모르니까 묻지 마."

"나는…… 인수. 교수님이 붙여 주신 이름은 미츠루야. 어릴 적에 같이 놀았던 동무 이름이래."

"일본놈이 지은 이름 따위 관심 없어."

"교수님에 대해 알지도 못하면서 왜 자꾸 일본놈이라 그래? 보자마자 칼을 들고 덤비질 않나. 독립군도 평범한 일본인을 상대로 그런 짓은 안 해. 교수님은 그냥 너희 같은 존재들을 연구하는 사람이야."

"우리를 연구해서 얻다 쓰려고?"

"그냥 도우려는 거겠지. 일본인이라고 다 나쁜 건 아니야. 교수님은 언제든 찾아와도 좋다고 전해 달라 하셨어. 아까 들어섰던 일본인 주택지의 붉은 대문 집이 교수님 연구실이야."

"내 발로 거길 찾아간다면 그땐 묶은것과 묶지 않은 것들의 세계가 충돌하는 법을 알아냈단 뜻일 거야. 가서 그놈 숨통을 끊을 거야. 네가 미츠루라 불리길 바란다면 너도 죽일 거야."

인수는 더 이상 따라오지 않았다.

상처받은 얼굴 같기도 하고 차분한 분노를 곱씹는 듯도 했는데 구름이 달을 가려서 표정을 알 수가 없었다. 어둠에 뭉개진 얼굴은 그저 괴괴하고 무거웠다. 하지만 여문이 황무지와 침엽수림의 경계면에 접어들기 전 인수가 소리쳤다.

"네가 인간에 대해 뭘 알아? 우리처럼 살아 봤어? 혼령 같은 게!"

그 말이 여문의 발길을 잡아채었다.

혼령이란 말이 끌그물이 되어 여문이 내내 외면했던 생

각의 바닥을 훑어 올리고 있었다. 불길하고 흉흉한 물음 하나가 그물에 걸려들었다.

나는 이미 죽어 없어진 누군가의 넋이 아닐까…….

*

어른들은 여문에게 어디서 무얼 보고 듣고 왔는지 묻지 않았다.

그저 평소처럼 주먹밥과 조청과 맵떡, 땔감을 가져다주고 물독에 물을 채워 줄 뿐이었다. 꼬마 엽이도 새로 잡은 메추라기를 구워서 여문네 집 마루에 올려놓고 갔다. 그리고…… 난데없이 복사꽃이 피었다. 촌장님이 손수 풀을 먹여 만든 부채를 집집마다 나눠 주고 다닐 만큼 날이 더워지던 중이었는데, 여문의 집 뒷담 둘레에 복사꽃이 만발했다. 거기는 다시 봄이었다.

복사꽃이 핀 뒤로 여문은 방에서 이불만 뒤집어쓰고 있었다. 인수의 마지막 말이 머릿속을 휘젓고 다녔다. 이부키 교수와 인수 앞에서 호기롭게 칼까지 들고 설쳤으나 여문은 자신이 살아 있다는 사실조차 증명할 수가 없었다. 까치울에선 죄다 묽었고, 바깥 세계와 얼추 들어맞는 줄 알았던 시간조차도 어긋나기 시작했다. 복사꽃이라니.

방에만 틀어박혀 지내던 여문을 다시 불러낸 건 소용돌

이였다.

"누나, 일본인이 또 왔어!"

엽이의 기별에 곧장 우물로 달려 나갔다. 우물로 이어지는 오르막길로 접어들자마자 칼을 뽑아 들었다. 군복 차림의 일본인이었다. 온몸이 돌로 만들어진 것 같은 거인이었다. 놈은 우물 뒤쪽 바람벽을 짚고 몸을 떨었다.

'만에 하나 내가 혼령이면 네놈은 누구야?'

여문이 뜸을 들이는 사이 거인이 기력을 회복했다.

"키미와……." (너는…….)

놈은 여문을 향해 얼굴을 일그러뜨리다 말고 우물 아래 마을을 둘러보았다.

"혹 나를 아시오? 우리가 만난 적이 있던가?"

여문은 놈의 시선을 다시 제게로 끌어다 놓았다.

하지만 거인은 대답 대신 커다란 손으로 여문의 멱살을 쥐었다. 갑작스러운 공격에 여문은 칼을 떨어뜨리고 말았다. 여문의 몸은 순식간에 공중으로 솟구쳐 올랐고, 거인은 큰 눈과 억센 광대뼈에 어울리지 않는 작은 입으로 웃었다. 그 순간 여문은 놈의 어깨 너머로 소용돌이를 보았다.

소용돌이는 지상에서 2미터쯤 되는 지점에서 일렁이며 휘돌고 있었다. 그 너머로 흐릿한 무언가가 보였다. 진창길에 고인 웅덩이 같기도 하고 핏물 같기도 한 뭔가가 불길하게 고여 있었다. 그리고 그 옆의 희고 야윈 무언가…….

여문은 호흡이 가늘어지는 와중에도 소용돌이 너머의 것에서 눈을 떼지 못했다.

"여문아! 정신 차려!"

공숙이 이모의 목소리를 듣고서야 여문은 목덜미의 타는 통증을 체감할 수 있었다. 잠시 잊고 있었다. 묽은것은 묽은것을 죽일 수 있었다. 여문이 일본인을 죽일 수 있다면 여문 또한 상대의 손에 숨이 끊어질 수 있었다. 여문은 몸부림을 치며 한 손을 뻗어 거인의 눈을 깊이 할퀴었다.

일본인이 여문을 떨어뜨리고는 제 눈을 싸쥐었다. 그사이 칼을 되찾은 여문이 놈의 정강이를 그었다. 비명을 내지르며 무릎을 꿇은 일본인은 어떻게든 다시 일어서려 했으나 기회가 없었다. 여문의 칼이 경동맥을 스친 뒤였다.

두 사람의 결투를 지켜보던 소용돌이도 서서히 작아지기 시작했다.

여문은 급한 대로 우물 바람벽에 늘어진 등나무꽃을 뜯어서 소용돌이로 던졌다. 그 세계가 이곳으로 사람들을 보낼 수 있다면 이 세계에서도 저 너머로 뭔가를 보낼 수 있지 않을까. 하지만 꽃은 바닥에 떨어져 있었다. 소용돌이는 까치울에서 반대편 세계로는 길을 터 주지 않았다.

"누나."

꼬마 엽이가 여문에게 안겼다. 많이 놀랐는지 엽이의 작은 몸이 떨리고 있었다. 까치울이 무엇이든, 묽은것이라 불리는 이들의 정체가 무엇이든…… 여문에게 엽이는 살아 있는 아이였다.

엽이를 떼어 내고 죽은 자의 뒤처리를 어른들에게 맡긴 뒤 여문은 다시 마을을 나섰다. 도와줄 누군가가 필요했다. 손끝에 겨우 닿은 실마리를 함께 당겨 줄 사람이 필요했다.

억새밭을 지나는데 꼬마 엽이가 날래게도 따라붙었다. 야단을 칠 틈도 없이 엽이가 물었다.

"누나, 까치울 밖에도 참새랑 메추라기가 있어?"

"어? 그야…… 당연히 있겠지."

여기처럼 묽은 새들이 아니라는 말은 삼켰다.

"그래도 사냥은 까치울에서만 해. 저기 바깥 새들은 영악해서 사람 손에 절대 안 잡혀. 누나 어디 좀 다녀올 테니까 가서 고누 하고 놀아. 말 잘 들으면 다음엔 호박고누 그려 줄게."

고누는 엽이가 좋아하는 놀이였다. 널빤지에 우물고누와 줄고누를 그려 준 게 여문이었다.

엽이를 돌려보낸 뒤 여문은 경계석을 뛰어넘었다. 도시로 나가야 했다. 아까 소용돌이 너머로 얼핏 보았던 것에 대해 알아내려면 묽지 않은 것들의 도움이 필요했다.

화강암 절벽과 짙은 침엽수림 사잇길을 나와 황무지로 접어들었다. 풀대가 붉고 억센 잡초들이 황무지 곳곳을 뒤덮고 있었다. 여문은 지열이 끓는 황무지를 건너 샛강 징검

다리 쪽으로 방향을 틀었다. 그때였다. 잔돌 하나가 뒤에서 날아와 여문의 발치에 튀었다.

여문은 걸음을 멈추고 돌아섰다. 돌은 마을 쪽에서 날아왔다. 침엽수림 그늘과 황무지의 경계면에 뭔가 흐릿한 물체가 보이는 듯했다. 여문은 손갓으로 해를 가리고서 다시 보았다.

엽이였다. 고누 놀이를 하고 있어야 할 녀석이 왜 저기까지 나왔는지는 알 수 없었다. 하지만 여문이 아는 한 저토록 묽고 자그마한 건 엽이밖에 없었다. 여문이 경계면에 다다랐을 때 엽이는 거의 물방울처럼 투명해진 상태였다.

"엽아!"

"누나…… 메추라기는……."

그걸로 끝이었다. 제대로 작별 인사를 나누지도 못했다. 엽이는 황무지로 나서자마자 몸이 사라지기 시작했고, 남은 힘을 끌어 모아 새총으로 여문에게 잔돌을 날린 것이다. 그게 마지막 인사라면 인사였을 것이다. 여문은 한참이나 엽이가 누워 있던 빈자리를 내려다보다 마을로 돌아갔다.

그날 밤, 여문은 엽이의 오두막에서 밤을 지새웠다.

'왜 그 작은 아이를 혼자 두었을까. 왜 내 오두막으로 데려오지 않았을까. 왜 소용돌이가 뱉어 낸 대로만 살아가게 내버려 뒀을까. 왜 마주앉아 고누 놀이를 해 주지 않았을까. 이 녀석의 빨래는 누가 해 주었지?'

마을 사람들은 아무도 와 보지 않는데, 후회와 물음들이 조문객처럼 꾸역꾸역 밀려오는 밤이었다.

여문은 동이 트자마자 우물로 달려갔다.

소용돌이에 대고 할 말이 너무나 많은데 우물 뒤쪽 허공은 멀쩡했다.

여문은 우물 바람벽에 등을 대고 앉아 울었다. 간밤에, 아니 더 오래전부터 눌러 삼켰던 속말들이 몸 밖으로 쏟아져 나왔다. 엽이는 새총으로 참새와 메추라기를 잡으려고 까치울에 온 게 아니었다. 그 꼬마 녀석은 여문에게 메추라기를 잡아 주기 위해 온 것이다. 부평댁 할머니는 여문에게 맵떡을 쪄 주기 위해 왔고, 공숙이 이모는 여문에게 조청과 엿을 만들어 주려고 왔다. 모두가, 까치울의 모든 것이 여문을 먹이고 따뜻하게 재우기 위해 존재했다. 조금만 움직여도 땀이 끈끈하게 배어나는 여름날에 돌연 피어 버린 복사꽃 또한 여문을 위해 피었다.

마을 경계석을 넘어 침엽수림을 벗어나자마자 엽이가 사라져 버린 것도 그래서였다. 엽이는 여문을 위해 까치울에서만 살기로 돼 있던 존재였으니까. 다른 사람들이 엽이의 죽음을 추모하지 않는 건 그게 여문의 죽음이 아니기 때문이었다.

'왜?'

'대체 내가 뭐라고? 내가 맵떡을 좋아하고 조청을 좋아

하고 복사꽃을 좋아한다고 누가 그래? 누구 맘대로 그런 걸 정하냐고?'

*

여문은 붉은 대문을 두드렸다.

유카타 차림의 이부키 교수가 여문을 맞아 주었다. 누런 무명 실내복에 감색 두루마기를 어정쩡하게 걸친 인수가 냉랭한 얼굴로 그 곁을 지키고 있었다.

응접실은 전반적으로 깔끔하게 꾸며져 있었으나 2층으로 이어지는 층계참 아래 풀지 않은 짐들이 놓여 있었다.

"아까 문을 열기 전에 조금 겁이 났다네. 일전에 미츠루 군에게 듣기로, 혹여나 자네가 날 찾아온다면 그땐 내 목을 가지러 오는 거라 했으니 말일세."

뼈가 있는 농담이었지만 여문은 응대하지 않았다. 지금은 이부키 교수의 이야기를 들을 때였다.

"붉은것들에 대해 아는 대로 말해 주시오. 남김없이."

"먼저 알아 둬야 할 것은 자네 같은 존재들이 조선 땅에만 존재하는 게 아니라는 사실일세. 멀리 독일이나 폴란드에서도 비슷한 사례들이 수차례 보고되었지. 영국에 있을 때 나도 그 소문을 들었네만 도시 괴담 정도로만 치부해 버렸다네. 하지만 여길 보게."

이부키가 사진이 붙어 있는 서류를 여문 쪽으로 돌려 주었다.

사진 속 주인공은 눈이 커다랗고 앞머리가 가지런한 이국의 소녀였다.

"폴란드 헤움노수용소*에서 탈출한 한나라는 아이일세. 몇 달만 지체했어도 그곳에서 죽었을 아이지. 한나를 구해 낸 사람은 영국 출신의 양부모였네. 양부모는 한나를 데리고 미국으로 떠났지. 그런데 그 배에서 한나의 유령이 목격된 걸세. 살아 있는 한나와 생김새는 같으나 형태는 묽었던 거지. 목격자에 따르면 묽은 한나는 진짜 한나를 만나 몇 마디 이야기를 나누다 사라졌다 하네."

"그럼 이부키 씨 생각은 뭐요? 우리가 살아 있는 누군가의 혼령이라고 생각하는 거요?"

"또 하나의 존재라 해 두지. 나는 자네들을 존재하게 하는 원인, 동력이 궁금했네."

"그래서 답은 찾으셨소?"

"가설 정도는 세워 두었네만 그전에 여문 양의 이야기가 궁금하네. 자네는 자네가 누구라 생각하는가?"

"어제 우리 동네 아이 하나가 죽었소. 나처럼 묽은 아이

* 1940년대에 폴란드에 세워진 절멸 수용소 중 하나. 당시 헤움노수용소에서 15만 2,000명의 유대인이 학살된 것으로 알려져 있다.

였는데…… 마을을 벗어나자마자 빛 속으로 사라져 버렸소."

"그 아이의 소멸 조건이 무엇이라 생각하는가? 빛이야 문제될 게 없었을 텐데 말이네."

"꼬마는…… 묽은것들 중에서도 또 다른 존재였소."

여문은 목이 메는 걸 꾹 참고 엽이에 대한 설명을 이어갔다. 이부키 교수와 인수는 각각 일본어와 한글로 여문의 이야기를 받아 적었다.

"처음부터 여문 양을 위해 만들어진 존재라는 말이군."

"그렇소. 이제 이부키 씨도 가설인지 뭔지를 알려 주시오."

"결론부터 얘기하자면, 극심한 긴장 상태에 놓인 인물에게서 생체 에너지 일부가 떨어져 나와서 돌아다닌다는 게 내 가설이네. 에너지는 보통 일을 할 수 있는 힘을 말하는 과학 용어일세. 한 인간이 지닌 힘의 일부가 흐릿한 분신의 형태로 돌아다니는 거지. 그 분신이 떨어져 나가도 원인간에겐 별 영향이 없다는 의미에서 허물이란 단어를 써도 무방하네. 분신들은 원인간과 일정 기간 공존하다가 자연 소멸 되는 것으로 보고되고 있네. 내가 확보한 사례들을 분석한 결과 에너지가 분리되는 환경은 심리적, 신체적으로 극단적인 긴장 상태였네. 수용소에 갇혀 죽음을 앞두고 있던 한나의 경우처럼 말이네. 하지만 이 가설로는 어제 죽었다는 그 꼬마의 경우는 설명할 길이 없네. 원인간이 없는 분신의 존재를 어떻게 이해해야 할지 모르겠네."

이부키 교수는 펜을 내려놓으며 여문을 보았다.

"내게 더 할 말은 없는가?"

"지난번에 말씀하시길 묽은것들을 조사하는 이유가 연구할 가치가 있어서라고 하셨잖소? 어떤 면에서 연구할 가치가 있다는 건지 알고 싶소."

"여문 양도 알듯이 대일본제국은 동아시아의 번영을 위해 전쟁을 치르는 중이네. 나는 늘 내 조국에 보탬이 되길 바랐지. 유학 시절 선배들을 도와 전파를 이용한 물체 감지기를 만들었던 것도 그 이유에서였네. 안타깝게도 그 기계는 일본군의 선택을 받지 못했네만."

"그럼 묽은것들의 존재가 당신들의 전쟁에 도움이 된다는 말이오? 당신이 말했듯이 묽은것과 묽지 않은 것은 물리적 충돌이 불가능하지 않소?"

"그렇네. 하지만 심리전이 필요한 곳에 투입된다면 이야기가 달라질 걸세. 나는 그대들을 연구하여 안정적인 생존조건을 밝혀낼 참이네. 묽은것들은 원인간으로부터 지속적으로 에너지를 공급받진 못하네. 처음 분리될 당시의 에너지로 버티다가 그 에너지가 다하면 소멸하지. 우리가 소멸을 막아 주겠네. 대신 그대들은 대일본제국에 맞서는 적군들을 심리적으로 압박해 주게. 죽은 자의 혼령이든 악령이

든 상대가 두려워하는 존재로 등장하는 거지."

이부키 교수가 말을 매조지었다. 여문은 곁에 서 있던 인수를 올려다보았다. 인수는 여틈하게 웃으며 여문을 보았다. 여문은 그 웃음의 의미를 알아차렸다. 그것 봐. 이부키 교수님은 삶의 다른 가능성에 대해서도 이야기하는 분이야.

하지만 여문은 마주 웃어 줄 수 없었다. 이부키 교수가 제시하는 가능성들은 결국 전쟁의 승리라는 목적에 매여 있었다. 묽은것들을 전쟁터로 데려가려는 이부키 교수는 묽지 않은 소녀들을 전쟁터로 끌고 간 자들의 변형일 뿐이었다.

여문은 일본인 주택 골목을 빠져나왔다. 인수가 샛강까지 동행하겠노라며 따라왔다.

신작로에 접어들 즈음 여문이 먼저 입을 떼었다.

"그런데 너, 샛강에서 내가 준 떡을 먹었단 이야기는 왜 안 한 거야? 이부키 교수가 가장 흥미로워 할 이야기였는데. 묽지 않은 인간이 묽은 인간의 음식을 먹을 수 있다는 건, 특정 조건이 충족되면 물리적 충돌도 가능하다는 뜻이잖아."

"그건 내 개인적인 경험이니까. 이부키 교수님이 굳이 알 필요는 없어."

인수가 여문을 앞질러 가며 말을 이었다.

"너…… 겁 안 나? 네가 언제 사라질지도 모르는데?"

"어차피 너희 묽지 않은 것들도 언젠가는 죽잖아. 내가 무서운 건 내가 속한 세상이 바스러지는 거야. 나는 시원한 우물이 있고 여름에도 복사꽃이 피어 있는 우리 마을을 지킬 거야. 언젠가는 진짜 여문에게 돌려주어야 하거든."

어느 순간 인수의 발소리가 그쳤다.

여문이 샛강 다리를 건너 황무지에 접어들었지만 인수는 강 건너편에 남았다. 여문은 돌아서서 손을 들어 보였다.

"인수라 했지? 너는 나 같은 분신을 만들어 내야 할 만큼 무섭거나 불행하지 않았으면 좋겠다!"

"교수님은 묽은것들을 모아서 곧 일본으로 돌아갈 거랬어. 그때 교수님을 따라가지 않으면 나도 전쟁에 끌려가야 해. 나중에…… 일본에서든 전쟁터에서든 돌아오면 너희 마을에 놀러가도 돼?"

여문은 고개를 끄덕여 보이고 돌아섰다. 황무지를 가로질러 마을을 향해 뛰었다.

실마리는 풀렸다. 이부키의 가설은 반은 맞고 반은 틀렸다.

*

여문은 마당가에 엽이의 가묘를 만들었다. 엽이가 두고 간 새총 하나와 옷 한 벌을 묻었다. 그런 다음 작은 널빤지의 앞면에는 엽이의 이름을 쓰고, 뒷면에는 호박고누판을 그려서 무덤 앞에 꽂았다.

거구의 일본 군인이 소용돌이에서 튀어나왔던 날, 여문이 소용돌이 너머로 본 것은 누군가의 희고 야윈 다리였다. 여문은 그게 누구의 다리인지 알고 있었다.

젖은 흙인지 핏물인지 모를 얼룩이 튄 종아리와 발목 바깥쪽에 있던 검은 반점…….

여문의 발목에도 같은 모양의 반점이 있었다.

소용돌이 너머에 있던 아이는 묽지 않은 여문이었다. 아마도 일본군에게 끌려간 열다섯 살 여자아이일 것이다. 까치울은 그 아이가 만들어 낸 세계였다. 이부키 교수의 가설처럼 누군가의 고통이 묽은것들을 만들어 낸 것은 맞았다. 하지만 여문에게서 묽은 여문이 떨어져나온 게 아니라, 여문이 자기 의지에 따라 이 묽은 세계를 창조했다. 아마도 여문은 혼자 힘으론 돌아올 수 없는 곳에 있을 것이다. 그곳에서 진창 같은 현실을 버텨 내기 위해, 자기가 빼앗긴 삶이 무엇인지 되새기기 위해 까치울을 빚어낸 것이다.

'소용돌이 너머의 너는……. 아마도 맵떡과 엿과 메추라기 구이를 좋아하는 아이겠지. 저번 날에는 문득 복사꽃이 그리워져서 까치울에 복사꽃을 피웠을 거야. 화강암 절벽과 침엽수림 사이에 이토록 안전한 마을을 숨겨 두고서 너의 분신인 나를 여기로 보낸 거야. 묽은 내 손에 칼을 쥐여서 말이야.'

여문은 집 뒤편 복사꽃 그늘에 앉아 단검을 닦았다. 칼날과 칼자루 사이의 홈에서 피 찌꺼기를 파내고, 칼자루에 헝겊을 새로 감았다. 여문은 소용돌이 너머의 아이가 칼에 실어 둔 당부를 알아들었다.

'까치울의 너는 나와는 달리 능수능란하게 칼을 다룰 줄 알아. 단칼에 그놈들의 숨통을 끊어 놓을 만큼 노련한 살수(殺手)지. 가끔씩 죽이고 싶은 놈들의 허물을 너한테 보낼게. 여기서 내가 하지 못한 일을 네가 대신해 줘. 너라면 놈들을 뚝딱 해치우고도 남을 거야. 그 칼로 너 자신과 까치울 사람들을 지키며, 나 대신 거기서 살아 줘. 또 하나의 내가 살고 있다고 생각하면 이 지옥에서도 시간이 흘러.'

여문은 선상에서 묽은 한나가 왜 사라졌는지 알 것 같았다.

진짜 한나와 묽은 한나는 실체와 허상의 관계가 아니었다. 진실과 거짓의 관계도 아니었다. 묽은 한나는 묽은 실체였고 묽은 진실이었다. 그래서 진짜 한나를 만났을 때 그 안으로 녹아든 것이다. 아마도 수용소의 한나는 그리운 양부모님 곁에 묽은 한나를 살게 했을 것이다. 묽은 한나는 수용소의 한나가 빼앗긴 일상을 여틈하게나마 대신 누렸다. 그리고 배에서 진짜 한나와 마주친 날, 그 묽은 인생을 한나에게 돌려주었다. 한나의 일부가 되어, 아무도 침범하지 못한 세상의 기억이 된 것이다.

도시의 기차역에서 마주친 그 아이들은 진짜 소녀들이 돌아올 때까지 끝내 기차를 타지 않을 것이다. 그 기차를 타지 않았더라면……. 후회의 마음이 빚어낸 묽은 소녀들은 그 응달진 역사 안에서 진짜 소녀들이 돌아오길 기다릴 것이다.

*

부평댁 할머니가 호박설기를 찌던 날, 다시 소용돌이가 열렸다.

여문은 허물 하나를 처리한 다음 얼른 우물의 바람벽을 타고 올라갔다. 소용돌이 너머로 여문이 보였다. 여문은 비탈길 아래 샛강에서 빨래를 하고 있었다. 강 저편에는 이름 모를 꽃들이 피어 있었고 여문의 눈길이 잠깐씩 그 꽃들에 머물렀다.

저 빨래터에서 여문은 복사꽃을 그리워했는지도 모른다.

복사꽃 가지를 꺾어다가 저 아이의 빨래 바구니에 던져 넣고 싶었다. 하지만 소용돌이는 진짜 여문을 위한 일방적인 통로였다. 묽지 않은 여문은 그저 견디고 살아남아야 하고, 묽은 여문은 그 아이가 돌아오길 기다리는 수밖에 없었다.

그날 이후 여문은 사나흘에 한 번씩 도시를 떠돌며 묽은 것들을 찾아다녔다. 이부키 교수가 묽은것들을 데려가는 걸 보고 있을 수만은 없었다. 전쟁에 묽은것들마저 휩쓸리게 두어서는 안 되었다. 긴 설명은 필요 없었다. 그저 소용돌이 너머에 또 다른 우리가 있다는 사실만 일러주면 되었다. 그러면 묽은것들 스스로 자기가 누군지 알아냈으니까. 묽지 않은 것들이 귀환하면 묽은것들이 사라진다는 사실 또한 알게 되리라. 하지만 묽은것들은 진짜 그들이 돌아오길 바랐다. 그들의 귀환으로 맞이할 소멸은 죽음과는 달랐다. 그건 진짜 삶의 일부가 되는 일이었다.

여문은 자신이 물리적 실재라는 사실을 증명할 필요가 없었다. 묽은것들이 돌아다니는 걸 두고 기이한 현상이라 명명할 필요도 없었다. 몇 달 뒤 이부키 교수가 떠났다는 소식을 들었다. 그 집 층계참에 어수선하게 놓여 있던 짐들을 그대로 가지고 돌아간 것이다. 그가 묽은것들을 얼마나 데려갔는지는 알려지지 않았다.

까치울의 소용돌이는 여전히 사람들을 뱉어 냈다. 없애야 할 허물도 있었고, 오두막을 내어 줘야 할 사람도 있었다. 촌장님은 그들의 이야기를 낱낱이 기록하느라 분주했고, 여문은 바쁜 촌장님을 대신해 조무래기들에게 한글을 가르쳤다.

마을과 도시 사이의 황무지에 신작로가 깔린 뒤 인수가 찾아왔다.

전쟁에 끌려갔다가 일본의 패망과 함께 돌아왔다는 인수는 한쪽 다리를 절고 있었다. 여문은 묽은 복숭아와 묽은 맵떡을 내놓았고, 인수는 몇 해 전 샛강에서처럼 거절하지 않고 맛을 보았다. 여전히 열다섯 살 그대로 남아 있는 여문을 기이하게 여기지 않았다. 그 후로도 인수는 고향 친구를 보러 오듯 이따금 까치울로 여문을 찾아왔다.

한국전쟁이 발발했다 휴전에 들어가고, 도시의 철길을 증기 기관차 대신 디젤 기차가 달리게 되었지만 여문은 열다섯 그대로 남아 있었다. 언제부턴가 소용돌이는 더는 사람을 뱉어 내지 않았다. 하지만 여문은 진짜 여문이 살아 있다는 걸 알았다. 어느 해에는 억새밭에 사과나무가 자랐고, 또 어느 해에는 몹시 부산스러운 강아지들이 깽깽거리며 소용돌이에서 떨어져 내렸으니까.

밤사이 내린 눈이 그대로 얼어붙은 어느 아침, 여문은 수십 년째 쓰인 적이 없는 칼을 수십 년째 지지 않는 복사꽃밭에 묻었다.

'묻은 자리를 기억해 두었다가 네가 원하면 언제든 다시 칼을 줄게.'

여문은 제법 나이가 들었을 여문을 생각했다. 열다섯 살 인생은 묽게 남아서 오늘도 여문을 기다렸다.

SF 작가로서 또 이 땅의 청소년소설가로서 일본군 성노예 희생자들의 삶을 한번은 마주해야 한다고 생각하고 있었습니다. 많은 고민을 했고 스스로 질문을 던지고 답을 찾으려고 했습니다. 그 과정에서 마지막까지 남은 물음은 이것이었습니다.

'그 현실을 어떻게든 견디었을까?'

그래서 주인공의 이름이 여문(餘問, 남은 물음)이었고, 「묽은것」은 그 물음에 대한 상상의 답변입니다.

여문의 열다섯 살 인생을 기억합니다.

문이 열리면

윤여경

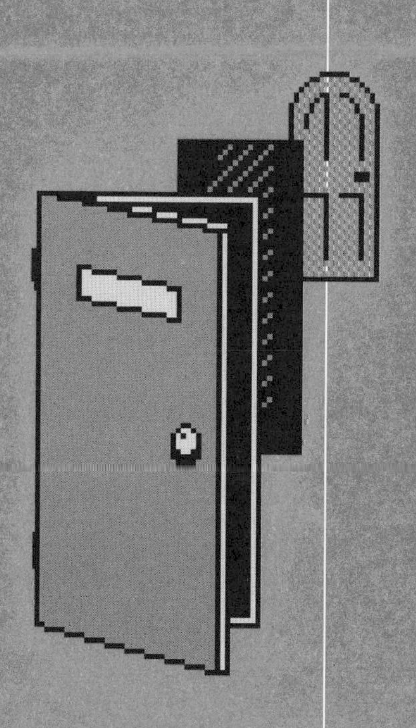

"아무리 제가 기억이 안 난다고 해도 믿지 않으실 거잖아요."

태민이는 탁자 아래로 양손을 꼭 쥐었다. 전면 거울 뒤에서 사람들이 자신을 지켜보고 있다는 사실을 알았다.

"난 네 말을 믿는다, 믿지 않는다 판단하지 않아. 그냥 기록할 뿐이지."

의사가 건조하게 말했다. 그는 태민이한테서 이야기를 끌어내기 위해 일부러 친한 척하거나 겁을 주지는 않았다. 태민이는 그런 그에게 왠지 약간의 믿음이 생겼다.

"그날 낮에 너랑 같이 화장실에 있던 연두가 어디로 갔는지 그것만 기억해 내면 돼."

"잘 모르겠어요. 그날 낮에 '그것들'이 나타났을 때 많은 애들이 기절했잖아요. 저도 정신을 차리고 보니 연두는 없었어요."

"아니, 정확히 말하자면 너는 기절한 적은 없어."

옆에 서 있는 조사관이 덧붙였다. 맞다. 태민이는 기절하지 않았다.

"다른 아이들은 화장실 밖에서 들었다고 하던데. 네가 연두의 이름을 계속 외쳤다고."

조사관이 말했다.

"그런 것 같기는 해요. 그런데 사실 잘 기억이……."

"좋아. 그래서 네가 본 게 어떤 것인지 기억이 나지 않는다고 하니…… 우리도 이 방법을 쓰기로 했다. 최면 요법에 동의한 거 맞지, 태민아?"

의사가 서류에 뭔가를 적으며 묻자 태민이는 고개를 끄덕였다. 자신도 알고 싶었다. 진짜로 무슨 일이 있었는지.

"최면 상태에서 한 진술은 조사에 참고 자료는 되지만 법적 효력은 없어. 그러니까 걱정 말고 말해. 이런 게 보였다든지, 뭐가 보인다든지 아니면 보일 것 같다든지. 그냥 솔직하게 다 이야기하면 돼."

침대에 누워서 자세를 갖추고 있는 태민이에게 의사가 말했다. 연두가 사라지고 이미 3년이 지났다. '그것들' 때문에 사라진 사람들은 사흘 안에 대개 현실로 돌아왔다. 연두처럼 아직 돌아오지 않은 사람들에 대해서는 주변인들의 진술이 있어야 1차 사건 마무리 보고서를 만들고 재판부에서 최종 판단하기로 되어 있었다.

"아무것도 안 보여요."

태민이는 머릿속에 떠오르는 걸 보려고 노력했지만 아무것도 보이지 않았다.

"그럼 지금 이야기를 하고 있는 너 자신과 그때의 태민이가 다른 사람이라고 생각하고 말해 봐."

자신을 다른 사람이라고 상상하다니. 한 번도 해 본 적은 없지만 태민이는 해 보기로 했다. 그런데 놀랍게도 그렇게 생각하니 자신의 모습이 다른 사람을 보듯 좀 더 선명하게 떠오르기 시작했다.

"4월 17일 오후 1시 45분에 태민이는 뭘 하고 있었을 것 같니?"

의사가 나긋나긋한 목소리로 물었다. 태민이는 집중하려고 온 힘을 쏟았다. 연두를 찾고 싶었다.

'시간 발작'이 이유라는 것이 알려지고 나서도 사태는 진정되지 않았다. 많은 사람들이 여전히 실종 상태였다. 어떤 사람들은 시간의 허공 속에 영원히 머무는 것을 선택했기 때문이었다. 시간의 허공 속에는 사람도 없고 풍경도 없지만 바로 그 점이 묘하게도 매력적이고 편안하다고 했다. 시간의 허공을 빠져나온 사람들은 아쉽다는 표정으로 한결같이 그렇게 말했다. 영원히 돌아오지 않는 사람들이 이해가

간다고 하기도 했다.

반쯤 잠든 상태같이 온몸이 나른했는데 마치 영화를 보는 것처럼 눈앞에 태민이 자신이 보이기 시작했다. 태민이는 영상이 펼쳐지는 대로 얘기를 시작했다.

"태민이는 1시 45분에 연두를 찾으러 여자 화장실로 갈 거예요."

태민이는 마치 다른 사람에 대해 말하듯 말문을 열었다. 두 눈은 잠이 든 듯 평화롭게 감은 채였다.

"왜 태민이는 연두를 찾으러 갈까?"

의사가 물었다.

"왜냐하면 태민이는 항상 연두를 걱정하거든요. 수업 시간에 화장실에 간 지 십 분이 지났는데 연두가 나타나지 않았어요. 그리고 무엇보다 그것……들이 나타났거든요."

태민이는 '그것들'에 대해 말할 때 긴장했다. 그때 '그것들'을 본 사람이면 누구나 그랬다. 무시무시하고 소름 끼치는 경험이었다.

"모두들 그것들이 별이 아니라는 것을 깨달았죠. 그것들은 위아래로 조금씩 움직이더니 나선형으로 빙글빙글 돌기 시작했어요."

대낮 밝은 하늘에 별 같은 것들이 움직인다는 것은 이해할 수 없는 일이었다. 운동장에 있는 아이들은 하늘을 올려다보았다. 교실에 있는 아이들은 창문에 고개를 박고 바깥을 내다보았다.

"저게 뭐야?"

이해할 수 없는 일 앞에서 대부분은 알 수 없는 공포에 사로잡혔지만 몇몇은 호기심으로 눈을 반짝였다. 그것들이 출현한 것은 이때가 처음이었고, 그 뒤로는 나타나지 않았다.

"태민이는 연두가 들어왔나 보려고 고개를 돌릴 거예요. 하지만 연두는 없을 거고…… 곧장 선생님에게 말씀드리고 화장실로 가겠죠."

태민이는 알았다. 연두가 화장실에서 나오기 싫어할 거라는 것을. 수업이 끝날 때까지, 어쩌면 영원히. 그곳에서 나가고 싶지 않을 터였다. 태민이도 이해는 했지만 '그것들'이 하늘에 나타난, 이런 이상한 일이 일어난 경우에는 달랐다. 연두를 찾아야 했다.

"이연두! 거기 있는 거 알아. 선생님이 나오래! 태민이는 그렇게 소리를 지를 거예요."

"연두가 문을 열어 줄까?"

"아마 연두는 문을 열어 줄 거예요. 연두도 태민이가 자기를 걱정하는 것을 알거든요. 연두야!"

태민이가 마치 그 현장에 있는 것처럼 갑자기 큰 소리로 연두를 불렀다.

"태민아? 왜? 무슨 일이 있니?"

의사가 물었다.

“모르겠어요. 아무것도 안 보여요. 그런데…… 화장실이, 화장실이 좀 이상해요.”

태민이는 숨이 가빠졌다.

“자, 최면을 하는 동안 너는 절대 안전해. 다치지 않아. 그러니까 천천히 심호흡을 해.”

의사가 나직이 말했다. 태민이의 숨이 고르게 가라앉자 의사는 다시 말을 이어 갔다.

“그럼, 그 화장실에 대해 더 설명해 볼래?”

*

없었다. 연두가 문을 살짝 열었지만 태민이가 보기에 그 안에는 학교 화장실 문을 열면 보여야 할 그 모든 것들이 없었다.

“문을 아주 조금 열어서 안이 잘 보이지는 않지만 연두는 좌식 변기가 있고 작은 양동이가 옆에 놓여 있는 곳에 서 있어요. 깨끗하거나 쾌적한 느낌은 전혀 들지 않아요. 오히려 더럽다고 할까, 시멘트 벽은 칠이 되어 있지 않아 회색이고요. 태민이는 거기로 들어가려고 할 거예요. 연두가 너무 놀라서 벌벌 떨고 있는 게 보였거든요.”

태민이는 이런 식으로 계속 자신이 보고 있는 것을 설명했다. 기억을 해 나가는 과정이 마치 처음 겪는 일처럼 느껴졌다.

"그리고?"

"태민이가 들어가려고 하자 연두가 화장실 문을 닫았어요. 연두는 놀랐을 거예요. 쉬는 시간을 알리는 종소리가 울렸고 복도에서 아이들이 시끄럽게 소동을 피울 거거든요. 연두는 얼결에 문을 닫았을 거예요."

"그래서?"

"화장실 문이 닫히고 나서 태민이가 다시 문을 열 거예요. 하지만 이미 늦었을 테죠."

태민이가 갑자기 말을 멈췄다.

"뭐가 늦었다는 거지?"

"연두는 이제 제가 보이지 않나 봐요."

"그걸 어떻게 알지?"

"저는 지금 연두가 보여요. 이상하게 저는 보이지 않는데 연두는 보여요."

의사는 최면을 계속 이어 가야 하나 잠시 고민하면서 조사관을 보았다. 조사관은 고개를 끄덕였다. 계속하라는 뜻이었다. 과학정보부에서 파견한 조사관이었다. 그는 최면 상태에서 태민이가 한 진술을 과학적으로 판단해서 상부에 보고할 사람이었다. 시간의 허공 속으로 빠져들 때 어떠했는지 주변인들의 진술을 듣는 건데, 이렇게 최면 상태에서 실종자의 모습을 목격하거나 접촉하는 케이스는 처음이었다.

현실로 돌아온 사람들은 자신들이 시간 여행을 했다고 했다. 과거로, 또는 미래로 갔다 왔다고 했다. 물론 그들이 환영을 본 것일 수도 있었다. 만약에, 정말 만약에 그게 사실이라면 태민이는 지금 시간 여행 중인 사람을 목격하고 있는 거였다.

조사관은 의사에게 계속하라고 손짓으로 권했다.

"태민아, 눈에 보이는 걸 편하게 다시 얘기해 볼까?"

의사가 물었다.

자신의 경험이 아니라 상대의 경험을 보고 있다고 말하는 소년의 말에 귀를 기울일지 말지는 이제 의사의 몫이 아니었다. 의사는 자신이 맡은 역할에만 충실하기로 했다.

태민이는 현실과 비현실 사이에서 마치 연두를 보고 있는 것처럼 말을 이어 갔다.

*

태민이가 자기 이름을 부르는 소리가 계속 들리자 연두는 다시 조심스레 문을 열었다. 환한 빛이 안으로 들어왔다. 연두는 어느새 새하얀 빛이 가득한 병실 한가운데 서 있었다.

주위가 잘 보이지 않았다. 눈이 나빠서인지 아니면 너무 환해서인지 알 수 없었다. 확실한 것은 자신의 몸을 내려다

보니 피부가 쭈글쭈글하고 노인처럼 너무 쇠한 것 같은 기분이 든다는 것이었다. 눈앞에 하얀 가운을 입은 의사가 보였다.

“여기가 어디죠?”

“뇌파와 게르 수치를 보니 시간 발작을 겪고 계신 것 같습니다.”

“시간 발작이라뇨?”

“이연두 님이 열아홉 살이셨을 때 전 세계 하늘 위로 그 빛들이 처음 보였죠. 그 일이 있고 나서 시간대에 어떤 이해할 수 없는 물리적인 영향이 있었는지 일부 사람들 중에 시간 여행을 하는 경우가 생겼습니다. 일종의 시간 발작을 일으키면 다른 시간대로 여행하는 신드롬입니다.”

“저는 문을 열었는데 다른 시공간이 나타났어요.”

“총 열 번 정도의 발작이 일어납니다. 사람에 따라 다릅니다. 발작의 매개는 문이 될 수도 있고 음악일 수도 있습니다. 현재로서 알 수 있는 사실은 본인이 현 시간에 머물고 싶지 않으면 발작이 일어난다는 사실입니다.”

연두는 의사의 말을 믿을 수가 없었다. 그래도 어쩔 수 없이 믿어야 했다. 침상에 붙어 있는 환자 정보를 보니 96세로 기록되어 있었다. 갑자기 열아홉에서 아흔여섯 살이 되다니! 말도 안 돼. 눈 깜짝할 사이에 할머니가 되는 경험은 너무 끔찍했다. 다음에 문을 열면 사후 세계가 펼쳐지는 걸까? 왜 나한테 이런 일이 벌어지는 걸까? 연두는 억울하기도 하고 어이가 없기도 했다.

"그러면 이 병은 어떻게 고치나요?"

연두는 의사의 손을 잡았다.

"현재로서는 치료제는 없습니다. 발작이 일어날 때 마음을 편안히 하는 수밖에는요. 그러다 보면 몇 분 사이의 발작이 몇 년 사이의 발작이 되고, 그 뒤로 평생 발작을 안 한 케이스도 있습니다. 단지 시간 발작을 하다 보면 지쳐서 '시간의 허공'에 갇힐 염려가 있습니다. 아무도 없고, 아무것도 없는, 안개처럼 생긴 그곳에서 빠져나오지 않으면 영원히 그곳에 머물게 된다고 하죠. 시간 발작을 경험한 사람들 일부가 실종된 이유는 아마도 시간의 허공에 빠져 현실로 되돌아오지 못했기 때문이라는 연구 논문이 있습니다."

"시간의 허공은 평화로운 곳인가 보군요."

연두가 말했다.

"글쎄요. 죽음과 같은 곳이겠죠."

의사가 말했다.

그때였다.

"증조할머니, 나 왔어요."

밝고 커다란 아이의 목소리가 문밖에서 들려왔다. 의사가 나가면서 병실 문을 열어 줬다. 그러자 곱슬머리가 귀여운 꼬마가 웃으며 안으로 들어왔다.

내 손주라니. 연두는 신기해서 아이를 내려다보았다. 자기를 닮은 것 같기도 하고 아닌 것 같기도 한 맑은 눈망울이 연두를 올려다보았다.

"숨어야 하는데."

"숨바꼭질하는 거니?"

연두가 물었다.

"쉿!"

아이가 연두를 나무랐다.

"엄마는 제가 어디 있든 항상 저를 찾아내요. 재미없게. 그러니까 조용히 하고 계셔야 해요."

아이가 연두에게 속삭이더니 침대 속으로 들어갔다. 곧 노크 소리가 들렸다.

"여보, 미르랑 거기 있어요?"

노인의 목소리였다. 여보라고? 내 미래의 남편이 문 앞에 있다니. 연두는 침을 꿀꺽 삼켰다.

"어머니, 문을 열어 주세요."

미르 엄마인 듯한 여자의 목소리가 들렸다. 내게 가족이 있는 건가? 미래의 가족을 볼 수 있는 걸까? 하지만 내가 백 살 노인이라면 남편도 백 살 노인일 거고 자식에 손주까지? 말도 안 돼. 심장이 거세게 뛰었다.

"미르는 여기 없어요."

연두는 자기도 모르게 거짓말을 했다. 미르는 재미있다

는 듯 이불 속에서 키득거렸다. 그 후 몇 초 동안은 괜찮았다. 하지만 곧이어 노크 소리가 들려왔다. 똑똑똑똑.

"할머니, 이제 저 나갈래요."

노크 소리가 점점 커지자 미르가 무서워하며 이불 밖으로 얼굴을 내밀었다.

"어머니, 거기 계세요? 괜찮으세요?"

미르의 목소리를 들은 여자가 흥분한 목소리로 물었다. 연두는 마치 그녀가 자기에게 다가오기라도 한 것처럼 뒷걸음질을 쳤다. 그때였다.

"그럼……."

막아 볼 새도 없이 미르가 문을 열었다. 미래의 며느리이거나 딸일지도 모르는 사람과 남편의 얼굴을 갑자기 본다는 것은 경악스러운 일이었다.

*

"자, 이제 연두는 어디에 있지?"

의사가 태민이에게 물었다.

"잠시만요."

태민이가 말했다. 가상 현실을 보듯 눈앞에 연두가 어른거렸다. 태민이는 그녀에게 손짓을 하고 말을 걸어 보려고 했지만 연두에게는 그가 보이지 않는 것 같았다. 목소리도 들리지 않는 것 같았다. 태민이는 안타까운 마음으로 연두를 계속 지켜보았다.

연두는 더 이상 병실에 있지 않았다. 시간 발작을 한 모양이었다. 연두가 계속해서 문을 열 때마다 다른 세상이 나올 거였다. 연두는 이번에도 또 한 번 문을 열려고 하다가 멈칫했다. 여기가 어딘지 알 것 같았다.

연두의 몸은 어린아이로 변해 있었다. 그러면 여긴 바로 그곳이었다. 아홉 살 때의 그 화장실. 이곳에 오랫동안 갇혀 있었던 적이 있어서 벽의 얼룩까지도 똑똑히 기억했다. 그리고 연두의 귀에는 그 소리가 들릴 거였다. 영원히 잊을 수 없는 소리. 똑똑……. 연두는 혹시라도 화장실 문이 열릴까 싶어서 문손잡이를 꼭 붙들었다. 무서웠다.

다시는 생각하기도 싫던 그 시간대로 돌아오다니, 믿을 수가 없었다. 연두는 두 손으로 얼굴을 감싸고 숨을 몰아쉬었다. 무슨 일이 생기고 있는지 알 수가 없었다.

똑똑똑똑. 네 번의 노크 소리. 연두는 화장실 문에서 노크 소리가 다시 들리기를 기다렸다. 이삼 분에 한번씩 중국인들이 떠드는 소리와 함께 노크 소리가 들려오고……. 이건 그때와 똑같은 상황이었다. 연두는 마치 어린 시절로 돌아간 기분이었다.

중국에 도착했을 때, 엄마는 일을 해야 했다. 학교도 못 가던 연두는 집에 있다가 지쳐서 엄마가 일하는 식당을 찾아가곤 했다. 그때 가장 많은 시간을 보낸 곳이 이 화장실이었다. 낮에 학교를 안 가는 아이가 있는 것은 누가 봐도 의심스러운 일이었다. 그래서 엄마는 공안 같은 사람이 보이면 화장실로 숨으라고 했다. "내가 일곱 번 노크 하면 나와." 엄마는 그렇게 말했었다. 하지만 엄마는 일하느라 바빠서 자기가 한 말도 까먹고 연두를 화장실에 그대로 놔두곤 했다.

그 안에서 지린내와 소독약 냄새를 맡으며 연두는 생각했다. 중국에 오지 않았더라면. 연두는 몇 번이고 그렇게 생각했다. 이모가 있는 남조선으로 가기로 결정한 것은 이모와 통화한 사실이 발각 나서였다. 겁이 난 나머지 엄마와 연두는 그날 밤에 짐을 챙겨 도망치듯 떠나야 했다.

"엄마, 안 가면 안 돼?"

야반도주를 하는 게 무서운 연두는 엄마를 따라 집을 나서면서도 계속 졸랐다. 나고 자란 고향을 떠나야 한다는 것이 두려웠다. 하지만 아버지가 없는 모녀는 살길을 찾아야 했다. 엄마는 인생 최고의 '여행'이 될 거라며 어린 연두를 안심시켰다.

연두는 간절하게 일곱 번의 노크를 기다릴 거였다. 똑똑똑……. 누가 노크를 할 때마다 연두는 두 손을 꼭 잡았다. 연두는 잊을 수 없을 것 같았다. 손에 흐르던 축축한 땀, 지독한 암모니아 가스와 소독약 냄새, 그리고 일곱 번이 울리길 간절히 기다리던 그 노크 소리를 평생 잊지 못할 것 같았다. 공안에 잡혀 북으로 송환되면 수용소에서 5년이라는 복역 기간을 버티지 못하고 힘들어서 죽을 수도 있다고 했다. 잘못해서 연두가 화장실 문을 열어 버리면 죽음과 삶, 두 가지 중의 한 세상이 열리는 거였다. 만약 자신이 시간 발작을 일으켜 그곳으로 돌아간 거라면 연두는 다시 한번 그 일곱 번의 노크를 기다려야 하는 거였다.

*

"이제 곧 노크 소리가 일곱 번 들릴 거야. 연두야, 기운 내. 넌 이미 예전에 그 화장실에서 나왔잖아. 북한도 탈출하고, 중국에서도 나왔고, 한국에도 무사히 도착했잖아."

연두가 겪고 있는 일을 보면서 태민이가 속삭였다.

'연두가 내 목소리를 들을 수만 있다면…….'

태민이는 생각했다.

점점 지쳐 가는 연두에게 드디어 일곱 번의 노크 소리가 들릴 거였다. 드디어…… 연두는 떨리는 손으로 문을 열 거였다. 혹시 엄마가 기다리고 있는 걸까?

연두는 숨을 가다듬었지만 엄마는 없고 대신 인천 공항의 화장실이 나왔다. 연두는 중국에서 미얀마로 갔다가 인천까지 비행기를 탔었다. 처음 타 본 비행기의 크기에 놀라고, 깨끗한 화장실에 놀랐다. 연두는 인천 공항의 화장실에서 나오기 싫었다. 그러면 남조선에 정착하는 거였다. 거긴 나쁜 사람들이 많다는데 같이 어울려 살 수 있을지 걱정이었다.

지금도 마찬가지였다. 이 문을 열면 어디가 나타날지 알 수 없었다. 혹시 벼랑 끝이 나오는 게 아닐까. 생각을 좀 해 보자. 지금 나는 시간 여행을 왜, 어떻게 하게 된 걸까. 여기서 좀 더 있어 보자. 그러면 혹시 답이 나올지도 몰라. 이게 시간 발작이라는 건가?

연두는 기다렸지만 아무런 소리도 들리지 않았다. 여기에 평생 있을 수는 없었다. 깨끗하기는 해도 그냥 화장실일 뿐이었다. 오래 있을 수 없는 좁고 답답한 곳. 하지만 어디를 가든 가장 편안한 곳이기도 했다.

"연두야, 힘을 내. 문을 한 번 더 열어 봐."

의사에게 눈앞에 보이는 장면을 이야기해 주는 건지, 연두에게 말하는 건지 불분명했지만 태민이는 계속 응원의 메시지를 보냈다. 마치 연두가 그 말을 들을 수 있기라도 한 것처럼.

태민이의 말을 진짜 듣기라도 한 것처럼 연두가 드디어 문을 열었다. 연두는 주위를 둘러보았다. 옷장이 보였다. 여기가 어딘지 연두는 잘 알고 있었다. 보육원의 옷장 안이었다.

"괜찮아?"
태민이가 연두에게 말을 건넸다.

"태민아, 이제 연두한테 네 모습이 보인다고?"
의사가 물었다.
"네. 저도 시간 여행을 하고 있나 봐요. 어린 시절로 돌아갔어요. 연두는 저랑 얘기하고 있어요. 이제 제 말이 연두한테 들리나 봐요!"
태민이가 기뻐서 소리쳤다.
의사는 태민이의 뇌파 그래프를 살피면서 조사관과 다시 눈짓을 주고받았다.

점심시간이라 보육 교사들은 식당에서 다 쉬고 있었다. 연두는 점심도 못 먹고 꼬르륵거리며 컴컴한 옷장 안에서 누가 문을 열어 줄 때까지 기다렸다. 아무 일도 아닌 것 같았지만 열 살짜리 아이에게는 큰 사건이었다.
연두는 북한을 탈출해 중국으로, 그리고 미얀마를 거쳐, 남한에 도착하면 모든 일이 잘 풀리리라 생각했지만 산 넘어 산이었다. 정착하고 일 년 뒤 남한에서 재혼한 엄마는 연두를 보육원에 맡겼다. 곧 돌아오겠다고 했지만 약속한 석 달이 지나도 엄마는 나타나지 않았다.
태민이가 문을 열어 주지 않았더라면 연두는 그 안에서

숨이 막혀 쓰러졌을지도 몰랐다. 그 안에서 차라리 죽어 버렸으면 좋았을지도 모른다고 연두는 생각했다.

문이라는 건 아예 열리지 않는 편이 좋았다. 열려서 좋았던 적이 한 번도 없었다. 북한에서 중국으로, 미얀마로, 그리고 남한으로 문은 계속 열렸다. 초등학생에서 중학생, 고등학생으로 새로운 세상이 계속 열렸다. 하지만 그렇게 열린 세상들은 연두에게 좋은 일은 하나도 가져오지 않았다. 아직까지도 어머니와는 연락이 되지 않았다. 만약 북한에 남았더라면 어머니와 헤어질 일이 없지 않았을까. 영원히 아홉 살이었다면 얼마나 좋았을까. 앞으로는 얼마나 힘들까. 연두는 그 생각을 자주 했다. 굳이 좋은 일이 있었다면 태민이를 만난 것 정도였다.

연두는 보육원에서 거의 말을 하지 않았다. 그에 비해서 연두보다 한 달 뒤에 들어온 태민이는 연두보다 훨씬 빨리 적응했다. 태민이는 연두뿐만 아니라 약한 사람의 편을 잘 들어 주고 리더 역할을 잘해서 곧 선생님들이 신뢰하는 원생이 되었다. 동갑이지만 훨씬 덩치도 크고 너그러운 태민이를 연두도 잘 따랐다. 언제 왔는지 태민이 옆으로는 아이들이 서 있었다. 아이들은 짐짓 미안한 듯 쑥스러운 얼굴들을 하고 있었다.

"미안해. 네가 옷장에 숨었다는 거 까먹었어."

같이 숨바꼭질을 했던 혜리가 혹시라도 선생님에게 혼

날까 봐 거짓말을 했다.

"일없어."

연두가 무표정한 얼굴로 말했다.

"뭐가 일이 없어?"

아이들은 혼란스러운 표정을 지었다. 이 모든 일은 연두가 열 살 때 일어난 일이었다. 그런데 지금 이렇게 시간 발작을 통해 다시 과거로 간 것이다. 결코 이 시간대로 돌아가고 싶지 않은 연두는 입을 꼭 다물었다. 아이들이 또 까르르 웃었다. 연두는 자기도 모르게 태민이를 봤다. 태민이는 안타깝다는 표정으로 입술을 깨물고 있다가 이렇게 말했다.

"일없다는 말이 무슨 뜻인지 몰라? 북한 말로 괜찮다는 거잖아."

태민이는 신기했다. 최면 상태에 있는 그가 말하자 과거 속의 태민이도 똑같이 말했다.

"영어랑 중국어도 아니고 북한 말은 배워서 뭐 해?"

혜리가 말했다. 연두는 양손을 꼭 쥐었다. 북한 얘기만 나오면 아이들은 북한을 얕잡아 보는 농담을 하며 넘어갔다. 연두는 그때마다 자기 자신에게 침을 뱉는 것 같아서 너무나 수치스러웠다. 하지만 지금은 그때처럼 당하고 싶지 않았다.

"같은 민족 말인데 좀 배우면 어때서?"

그 말에 다들 놀라서 연두를 쳐다보았다.

이 말은 연두가 옷장 안에 갇힌 그날, 밤에 천장을 보며 생각했던 말이었다. '그때 이렇게 말할걸.' 분해서 잠을 못 자고 내내 생각했던 말이었다. 과거로 다시 돌아온 지금은 바로 말할 수 있었다.

"그래. 우리가 남인가? 같은 민족끼리 서로 배우면 좋지."

태민이가 거들었다.

"연두는 중국어도 조금 하니까, 3개 국어를 하는 거네."

얌전한 서우가 태민이와 연두 편을 들며 끼어들자 아이들은 더욱 놀랐다. 한 번도 그렇게 생각해 본 적이 없어서였다.

"북한 말이 왜 외국어냐?"

어떤 아이가 불평하듯 말했다.

"외국어는 아니지만 사투리 같은 거잖아. 단어도 많이 다르고."

방을 나가는 아이들 사이에 공방이 벌어졌다. 혜리는 재미없다는 듯 어깨를 으쓱했다. 과거가 변했다.

연두는 믿을 수가 없었다. 열 살 때 겪은 '옷장 사건' 때는 아무 말도 못 하고 탈북민 출신이라는 이유만으로 비웃음을 샀다. 그 뒤로는 아이들과 더욱 더 어울리기 싫어서 연두는 혼자 화장실에 오래 머물곤 했었다. 그 일은 오랫동

안 연두의 머릿속에 어두운 기억으로 남아 있었다. 그런데 지금 그 기억이 바뀌어 버린 것이다. 태민이와 서우가 거들어 주고 다른 아이들도 연두를 비웃지 않았다.

*

"연두야 너, 말 잘했다."

태민이가 자랑스럽다는 듯 웃었다.

"연두야, 그럼 문을 한 번 더 열어 봐. 부탁이야. 그럼 현재 시간으로 올 수도 있잖아."

태민이가 말하자 과거 속의 태민이도 말하고 있었다.

"싫어."

연두가 외쳤다. 연두는 다른 문이 열리고 다른 세상이 열리는 것을 원하지 않았다. 지금 생각해 보면 보육원에 처음 들어온 이때가 가장 행복한 시절인지도 몰랐다. 여기에 남고 싶었다.

"연두야! 그러면 안 돼."

태민이가 외치며 공중에 손사래를 쳤다.

"태민아, 왜 그러니?"

의사가 물었다.

"연두가 문을 열지 않으려고 해요. 계속 거기 있으려고 해요."

태민이는 식은땀을 흘렸다.

"힘들면 이제 그만할까?"

의사가 물었다.

"안 돼요. 그러면 연두가 현실로 못 돌아오잖아요. 조금만 더요. 부탁이에요."

태민이가 말했다.

"의사로서 권고하는 거야. 더 이상은 위험할 수 있어."

태민이의 의료 기록을 보니 지병 때문에 심장 발작이 올 수도 있는 상황이었다.

의사의 말에 태민이는 고개를 저었다.

연두가 드디어 문을 열었다. 보육원 내의 식당이었다.

"맙소사, 연두가 절 따라왔었네요?"

태민이가 의사에게 말했다.

"무슨 소리야?"

의사가 물었다.

"연두가 생활실로 절 따라와서 원장님과 제가 하는 얘기를 엿들은 거예요."

태민이의 목소리가 잦아들었다.

연두는 생활실에서 원장과 태민이가 하는 얘기를 문 밖에서 엿듣고 있었다.

"이사 준비는 어떻게 하고 있나 궁금해서 불렀어."

태민이는 짐은 얼마 안 되니까 하루면 쌀 수 있고 정착

지원금도 있고 공동생활가정에 있으면서 밤에는 편의점에서 아르바이트를 하고 낮에는 애니메이션 학원을 다닐 거라고 원장에게 말했다. 연두로서는 아마도 충격이었을 거다. 태민이가 곧 보육원을 떠나야 하는 나이란 건 알았지만 그날이 이렇게 빨리 올 줄은 몰랐다.

연두는 북한이탈주민 전형으로 대학에 진학할 예정이었다. 그래서 보육원에 몇 달 더 있을 수 있었다. 하지만 대학에 진학하지 않는 태민이는 짐을 싸서 나가야 했다. 보육원에서 수년 동안 의지했던 단 하나의 친구이자 형제 같은 태민이가 나간다는 것은 연두에게 큰 충격일 거였다. 태민이도 그 사실을 잘 알기 때문에 연두에게 미처 말하지 못하고 차일피일 미루고 있었다. 연두는 원장과 태민이가 하는 말을 엿듣고 나서 매일매일 힘들었을 것이었다.

"원장님, 잠시만요."

태민이는 일어나서 연두가 엿듣고 있는 원장실 문 쪽으로 다가갔다. 이제 연두에게 말해 주고 싶었다.

"연두야, 들어와."

하지만 연두는 아무 말도 하지 않았다.

"내가 하고 싶은 말이 있어. 이제 들어 주면 안 돼? 문은 열지 않아도 돼. 아무 말 안 해도 돼. 내 이야기 듣고 있다면 노크 소리를 내 줘."

태민이에게는 몇 년 같은 몇 초의 시간이 흐르고 노크 소리가 똑똑 들렸다.

태민이는 문밖에 있는 연두에게 말했다.

“연두야, 우주가 수백억 년 전에 빅뱅 폭발로 시작되었다면 모든 생명이 별의 가루에서 비롯한 거라고 과학 선생님이 그러셨지? 그럼 우리는 쌍둥이인 거지. 그러니까 네가 듣고 있다면 내 얘기를 믿어 줘. 난 지금 미래에서 너한테 얘기하고 있는 거야. 어떻게 된 건지 모르겠지만 너의 시간 여행을 따라왔거든. 정말 이상하지? 세상은 참 신비한 것 같아. 난 어떤 방식으로든 항상 네 옆에 있을 거라고 믿어. 마음이 통하는 쌍둥이처럼. 네가 처음 시간 발작을 일으켰을 때 나는 네 눈을 통해 봤어. 네가 살면서 수많은 문을 열었다는 걸. 네가 세상을 향해 문을 열었을 때 그 세상은 아름다운 적도 있었지만 어둡고 힘들 때도 많았다는 것도 보았어.

연두야, 내가 보육원을 나갈 거라고 미리 얘기 못 한 것은 미안해. 나도 무섭고 떨려. 새로운 문을 열고 새 세상으로 나가는 것은…… 그리고 너랑 떨어지는 것은 더 힘들고. 그래서 말을 못 했어. 미안해. 그러니까 말이야, 연두야. 난 이제 널 더 보고 싶어. 이제 문을 열어 주면 안 돼?”

*

결국 태민의 심장에 큰 무리가 왔다. 의사는 최면을 풀고

응급조치를 취했다.

"연두가…… 연두가 학교 화장실 앞에 있을 거예요. 쓰러져 있을 테니까 빨리 가 보세요."

태민이는 그렇게 말하고 의식을 잃었다.

태민이는 알았다. 연두가 문밖에서 자신의 이야기를 들었다면 자신을 이해하려고 노력할 거라는 걸. 보육원을 나오는 것은 지병이 있는 태민이에게 삶의 마지막 문일 수도 있다는 것을 연두는 이제 이해해 줄 것이다.

연두는 눈물을 흘리지 않으려고 눈에 힘을 줄 것이다. 태민이의 눈앞에 그 광경이 보이는 것 같았다. 만약 자신이 그 자리에 있다면 '잠깐이라면 실컷 울어도 돼'라고 말해 줄 텐데. 하지만 연두는 계속 새로운 세상을 향해 씩씩하게 문을 열 것이다. 태민이는 믿었다. 연두가 떨리는 손으로 세상을 향해 새로운 문을 열 때마다 연두의 마음속에서 자신도 함께할 것임을.

어렸을 때의 저는 내일은 무슨 일이 일어날까 늘 궁금해하곤 했습니다. 자라면서 새 학교, 새 학년, 새 친구에 대해 알아가는 것은 두려우면서도 흥미로운 일이었지요. 지금 우리가 겪는 현실은 이제껏 한 번도 상상해 본 적 없는 세상이고, 그래서 궁금증보다는 두려움이 앞서는 것도 사실입니다.

우리에게 가장 가까우면서도 먼 나라 사람은 아마 북한 사람들이지 싶습니다. 난민들을 떠올리거나 제3세계 민족을 떠올리는 것보다 오히려 북쪽 사람을 생각하는 경우는 거의 없을 것입니다. 이미 한국에 와서 정착해 살고 있는 사람들은 어떨까요? 지금처럼 모두가 힘들 때 그들의 삶에 대해서도 한번은 더 관심 갖고 다정한 친구로 지냈으면 하는 마음으로, 모두가 함께 새로운 미래의 문을 열었으면 하는 마음으로 이 작품을 썼습니다.

작품 해설 ✦✦✦✦✦

이토록 특별한 존재들

SF라는 단어를 들으면 마천루가 솟은 미래 도시, 은하계 너머로 날아가는 우주선, 시간을 되돌리는 타임머신, 로봇이나 AI 등 과학적 상상력에 의지한 그림이 먼저 떠오르지만 좋은 SF 소설을 읽고 난 뒤엔 언제나 사람, 사랑, 고독, 슬픔, 그리움, 기다림 같은 인간 내면을 응시한 단어들의 여운이 남곤 했다. 문학 중심의 독자이기 때문인지 인간이 서 있는 자리를 색다른 시선으로 살피면서도 존재의 근원에 접근해 가는 것을 나는 SF의 매력이라 생각한다. 한국 과학소설의 개척자 한낙원(韓樂源, 1924~2007) 선생을 기려 만든 '한낙원과학소설상' 수상 작가들의 작품 다섯 편에서도 매우 특별한 존재들을 만나 그들의 소리를 들을 수 있었다.

「마지막 히치하이커」로 제4회 한낙원과학소설상을 받은 문이소의 **「완벽한 꼬랑내」**는 인류의 가장 오랜 친구인 개에 관한 이야기로, 씩씩한 두 자매와 개의 우정을 그렸다. 사공태순은 우연히 길에서 실험실을 탈출한 개, 메이를 만난다. 유전자 개량으로 실험실에서 태어난 비글 메이는 인간의 언어를 익히는 강도 높은 훈련과 특별한 수술을 받았다. 메이를 만들어 낸 연구자들은 성공적인 동물 실험에 고무되어 메이의 복제견을 만들지만 결과가 순조롭지 않자 메이에게 수정란을 착상시킨다. 극단적인 인간중심주의다. 여기에 메이를 팔고 사서 경제적 이득을 취하려는 세력까지 합류한다. 인간의 이기주의와 자본의 개입에 맞서 두 자매는 대활약을 펼친다.

두 자매가 메이를 지킨 까닭은 메이가 너무나 귀엽고 예뻤기 때문이다. 강아지를 보호하려는 두 청소년의 단순하고 담백하고 명쾌한 이유와 메이를 이용하려는 어른들의 구질구질한 음모가 대조를 이룬다. 그렇다면 메이는 어떻게 두 자매가 자신을 도와줄 귀인이라고 판단했을까. 개는 후각이 가장 큰 생존 능력이니 달달한 꼬랑내를 풍기는 인간이야말로 메이 입장에서는 가장 신뢰할 만한 존재인 셈이다. 씩씩하게 달리는 사람의 발에서 나는 땀 냄새는 '정직과 열정과 생의 냄새'이기 때문이다. 개에게 무한 신뢰를 받는 인간이라니, 어쩐지 부럽지 않은가?

연구자들이 메이를 훈련시킨 의도는 인간과의 의사소통을 극대화하려는 데에 있었지만 작품의 한 장면처럼 인간과 동물은 특별한 장치를 사용하지 않고도 오래 기간 무난히 소통해 왔다.

> 메이와 눈을 마주쳤다. 메이가 다가온다. 살랑살랑, 꼬리를 흔들며 앞다리를 들어 올린다. 난 몸을 숙여 메이를 들어 올렸다. 우리는 서로 부둥켜안았다. 난 메이를 사뿐히 내려놓고 나직하게 말했다.
>
> "물어."
>
> 크르르르릉, 컹컹, 컹!

메이는 쏜살같이 뛰어 동진 아재에게 덤벼들었다. 메이, 메이, 그만! 아저씨는 비명을 지르며 뒷걸음치다 나자빠졌다.

메이는 송곳니를 드러내며 사납게 짖었다.

"재롱아, 그만."

내가 말하자 메이는 쪼르르 내 옆으로 왔다. (35쪽)

메이를 훔쳐 팔아넘기려는 이동진을 공격하는 사공태순과 메이의 합동 작전은 이처럼 완벽하다. 개든 사람이든 사랑하는 사이는 별다른 도구나 장치가 없어도 늘 그렇듯 서로의 눈만 봐도 통하지 않나?

이 작품은 자연스럽게 동물 실험을 비판하면서 동물과 인간 간의 교감을 유머러스하고 발랄하게 펼쳐 놓는다. 이 소설에서 메이도 특별한 생명체지만 티격태격하면서도 완벽한 하모니를 자랑하는 두 자매야말로 자랑스러운 존재들이다. 완벽한 꼬랑내, 건강한 땀을 흘리는 청소년들을 떠올리니 마음이 든든하다.

「**우주의 집**」은 「하늘은 무섭지 않아」로 제2회 한낙원과학소설상을 받은 고호관의 작품으로 달에서 태어난 최초의 아기를 등장시킨 아서 클라크의 단편에서 아이디어를 얻었다고 한다. 소년 서우주의 집은 국제우주정거장으로 서우주는 지구에서 파견 나온 엄마와 아빠의 연애로 우주에서 태어날 수밖에 없었다. 서우주는 몸, 특히 골격이 약해서 중력을 견뎌야 하는 지구 여행을 아직 감당할 수 없다. 한편 최초로 국제우주정거장에서 태어난 서우주를 향한 지구인들의 관심은 대단해서 서우주의 크고 작은 동향을 모두 이슈화한다. 일종의 인플루언서인 셈이다. 자신의 모든 프라이버시가 노출되는 동시에 협소한 공간을 벗어날 수 없는 서우주는 자신을 가둔 울타리가 불만스럽다.

어느 날 서우주와 비슷한 또래의 에데르가 국제우주정거장에 나타나면서 본격적인 사건이 시작된다. 주인공은 에데르를 오해하고 그를 무중력 우주 유영의 경쟁 상대로 여기며 적대시한다. 속도감 넘치는 생생한 묘사로 서술된 서우주와 에데르의 무중력 우주 유영 장면은 이 작품의 백미이기도 하다. 서우주는 에데르를 배척하지만 알고 보니 그 역시 아픔을 가진 소년이다.

> "우주 네가 여기서 중요한 존재라는 건 알아. 하지만 나도 임무가 있어. 나는 태어날 때부터 청각 장애가 있었는데, 덕분에 멀미를 하지 않아. 멀미의 원인이 되는 귓속 기관이 작동하지 않거든. 그래서 나는 우주에서 나 같은 사람이 어떻게 적응하는지 실험하는 임무를 띠고 있어." (…) "우주에서는 우리 같은 사람이 유리할 수도 있대. 어떤 사람은 우주 공간의 적막함을 못 견딘다지? 난 평생을 적막함 속에서 살았어." (66~67쪽)

에데르가 말한 '임무'라는 단어를 인간의 존재 의미로, 종교적 단어인 '소명'이라고 표현할 수 있을까. 인간에게 한계란 곧 자신의 정체성이기도 하다. 서우주는 에데르와 대화를 나누기 전까지 줄곧 자신의 처지를 타자의 시선에서 보았지만 에데르와 대화를 나누며 비로소 자신의 눈으로 자신을 성찰하게 된다. 신체적 약점, 불리함, 한계, 이런 단어들의 무게를 모두 내려놓고 그대로 응시할 때 자신의 한계는 국제우주정거장이라는 울타리를 넘어 무한대의 우주를 바라볼 수 있는 마중물이 된다.

이 작품은 이번 단편집에서 가장 전통적인 성장 서사다. 성장이란 사물의 표면만 보는 것이 아니라 여러 모양과 깊이까지 복합적으로 볼 수 있는 것이다. 독자들이 이 작품을 읽으며 자신이 서 있는 자리를 들여다보고 더 깊고 넓은 세계를 만날 수 있기를 바란다.

「푸른 머리카락」으로 제5회 한낙원과학소설상을 받은 남유하의 **「실험도시 17」**은 '만일 인간이 영원히 열일곱 살의 외모와 신체로 살아갈 수 있는 세상이 존재한다면 어떤 상황이 벌어질까'를 상상한 작품이다. 실험도시 헤베로 이주하려는 열일곱 살 에밀 정의 사연, 비싸지만 안전한 노화 억제 도구 에버영을 사용할 수 있는 상류층 청소년 레오니 슈미트, 실험도시 1년 차 입주자인 카린 베커가 들려주는 지난 일 년 동안의 생활, 실험도시에서 태어나 17살이 되어 신체에 텔로미어 칩을 심을지 결정을 앞둔 틸리 하스, 그리고 텔로미어 칩으로 발생한 부작용을 겪는 사람과 그 부작용을 세상에 알리려는 시민 단체의 발언 등을 정리한 일종의 취재 기록이다.

외모와 신체적 능력은 열일곱 살에 머물되 한 해 한 해 나이를 먹는 것은 정신적 성숙에 어떤 영향을 미칠까, 즉 육체적 성장과 정신적 성숙은 연관 관계가 있을까, 인간의 노화나 죽음은 과학 기술로 극복 가능할까, 아니면 피할 수도, 피해서도 안 될 인간의 운명인가, 여러 사람의 주장을 읽을수록 궁금증이 새록새록 커진다.

미국 SF 영화 〈더 나은 선택〉은 지금보다 외모가 더 중요해지는 미래 사회를 그린다. 생명공학 회사의 모델이었던 싱글 맘 그웬은 높은 실업률로 나이든 여성의 취업이 어려워진 사회에서 대중이 선호하는 젊은 여성이 아니라는 이유로 실직하게 된다. 그웬은 딸의 미래를 위해 회사에서 진행하는 위험한 '의식 이식 절차'라는 수술을 받아 젊은 여성으로 변모한다. 이 영화와 「실험도시 17」은 젊음, 건강, 외모 등은 오늘날보다 미래 사회에서 한층 중요해지며 이에 개입하는 세력이 존재한다는 공통점이 있다. 미래 사회까지 가지 않더라도 우리 사회에서도 의학의 힘을 빌려 건강과 젊음을 유지할 수 있다는 인식이 점점 커지고 있다. 안티에이징이라는 솔깃한 표현으로 노화를 지연시킬 수 있는 갖가지 방법이 인기를 끌고 있고 경제적으로 풍요로운 계층일수록 육체적 건강과 노화 방지가 유리한 것은 자명한 사실이다.

무엇보다도 이 작품에서 중요한 것은 노화에 따른 질병의 문제다. 주인공 에밀 정이 실험도시에 정착하려는 이유는 미래 사회에서도 극복될 수 없는 변형 유전자를 가진 할머니의 치매 발병을 확인하였고 그것이 자신에게 유전될 가능성이 있기 때문이다. 그러나 실험도시 17을 반대하는 모임 대표는 "노화를 치료해야 한다는 생각은 틀렸습니다. 인간은 유한한 존재입니다. 그렇기 때문에 우리 삶이 더 소중한 것이고요. 가장 인간다운 것은, 자연스럽게 늙어 가는 것입니다."(93쪽)라고 말한다. 작품은 치매로 인해 피폐해진 삶에 노출될 위험과 자연스러운 노화가 인간다운 것이라는 두 주장을 대비하면서 독자에게 선택지를 내민다. 자연스러운 노화가 곧 인간의 본질이라는 주장이 원론적인 데에 비하여 에밀 정이 염려하는 미래의 건강에 대한 걱정은 절박하다. 하지만 인위적인 노화 방지의 부작용이 폭로되면서 에밀 정은 다시 혼란에 빠진다.

결국 인간이란 어떤 존재인가라는 질문이 남는다. '인간다움'이란 질병이나 노화로 인한 육체적 정신적 고통을 감수하는 것이 기본값일까. 실험도시로 이주하는 에밀 정의 뒷모습에 남아 있는 갈등이 읽힌다. 청소년 독자에게 죽음과 노화는 아직 먼 미래의 일일 수 있으나 죽음이 무엇인지를 통해 어떻게 살 것인지 생각하는 시간은 한번쯤 필요할 것 같다.

「안녕, 베타」로 제1회 한낙원과학소설상을 받은 최영희의 **「묽은것」**은 한국 현대사에서 가장 비극적 사건 중 하나인, 일본군 성노예 희생자의 사연을 특이한 상상력으로 보여 준다. 실제와 가상 혹은 존재와 비존재를 그린 이야기는 적지 않지만 실체가 아닌 어떤 것을 주인공으로 삼기는 쉽지 않다. 그 주인공은 스스로 자신의 정체를 밝혀 나가고 까치울이라는 공간과 마을 사람을 만들어 내며 그 마을에 침입한 적을 죽이는 검객이 된다. 여문과 까치울이 실재(實在)로 보이지 않는다고 어찌 없는 것이라 부정할 수 있으랴.

까치울은 묽은 여문이 만들어 낸 노스탤지어다. 아니 원래의 여문이 멀고 먼 타국에서 눈물 젖은 눈을 들어 떠올린 고향 산천이 그냥 그대로 까치울이 되어 버렸을 것이다. 일본군의 숨통을 끊는 여문의 단검은 조선 여인들이 지녔던 은장도를 떠올리게 한다. 은장도는 위급한 상황에서 사용하는 자결용 도구로 알려져 있지만 원칙적으로는 호신용 무기이다. 그리고 여문의 손에서 비로소 죗값을 묻는 단호한 심판의 검이 된다. 복사꽃 피는 평화로운 산골이지만 동시에 일본군 가해자들을 심판하는 까치울은 피비린내가 풍기는데도 가장 도덕적이고 윤리적이며 경건한 성소로 느껴진다. 여문에게 설기떡을 쪄 주는 부평댁 할머니, 새총놀이와 고누를 하는 엽이의 존재는 아마도 여문이 가장 사랑하는, 그리고 여문을 가장 사랑했던 사람들이리라.

작품은 이러한 여문의 존재를 물리학의 에너지로 설명한다. 극심한 심리적 신체적 긴장 상태에 놓인 인물에게서 생체 에너지 일부가 떨어져 나와서 돌아다닌다는 가설이다. 또한 원인간의 생존과는 무관하게 떨어져 나온 분신, 허물은 자체 에너지가 사라지면 소멸된다고 한다. 여문이 희미한 것 혹은 투명한 것이 아니라 '묽은것'이라 이름 붙여진 까닭은 화학적으로 보자면 본래 신이 우리를 창조했던 흙이라는 물질에서 작게 떨어져 나와 온전한 형체를 이루느라 농도가 옅어진 까닭이리라.

이를 심리학으로 푼다면 물론 여문은 인간의 무의식에서 살고 있는 존재다. 그렇다면 왜 여문은 끝내 사라지지 못한 채 이야기가 마무리되는 것일까. 그것은 여문의 분노와 슬픔이 지극히 커서 소멸하지 못하는 기운이 남아 있기 때문일 것이다. 또한 원인간 여문은 왜 묽은 여문을 만나지 못하는 것일까. 그것은 여문이 찾지 못할 정도로 깊은 무의식의 세계에 갇혀 있으며, 아직도 역사적 트라우마가 해결되지 않았다는 반증일 것이다. 묽은 것이 현실 세계와 충돌할 수 있다는 가정 혹은 믿음처럼 묽은것과 본래의 것이 만나려면 이제 우리의 에너지가 필요하고 그것은 보이지 않는 존재의 목소리를 듣는 데서 출발한다.

「세 개의 시간」으로 제3회 한낙원과학소설상을 받은 윤여경의 **「문이 열리면」**은 '시간 발작'이라는 단어를 빌려 와 갑작스러운 시간의 혼재에 휘말린 양상을 그렸다. 작품 속에서 주인공 연두의 시간과 기억은 재구성된다. 흔히 일방향이라고 여겨지는 인간의 시간은 상대적이며 과거, 현재, 미래의 관계는 혼란스럽다. 시간과 공간이 동기화되어 나타나는 시간의 공간성, '문'이 열릴 때마다 다른 시공간이 다가오는 이야기는 SF에서 낯선 테마는 아니다.

그럼에도 탈북자였던 연두가 살아온 그리고 살아갈 시공간을 압축해서 보여 주는 것 그리고 그것을 가장 가까운 친구, 태민의 눈으로 목격하게 만든 것이 이 작품의 새로운 의미다. 연두의 시간 여행은 노인이 된 미래의 연두, 아홉 살 때 화장실에 갇힌 채 일곱 번의 노크 소리를 들어야 나올 수 있던 탈북의 과정과 이어서 아시아를 떠돌다 인천 공항에 들어온 과거의 연두 그리고 보육원에서 옷장에 갇혔던 기억을 바꾸려는 시간 발작 속의 연두로 이어진다. 그럼에도 갇혔던 모든 기억은 트라우마가 되어 연두는 시간의 틈에서 헤매게 된다. 더구나 연두와 각별한 관계인 태민은 연두의 기억을 목격하는 도중 자신이 연두에게 말하지 않은 채 보육원을 떠나려던 이야기를 연두가 듣고 충격에 빠졌다는 사실을 알게 된다. 그럼에도 태민과 연두는 연결되어 있는 존재이기에 서로를 도울 수 있다.

> 세상은 참 신비한 것 같아. 난 어떤 방식으로든 항상 네 옆에 있을 거라고 믿어. 마음이 통하는 쌍둥이처럼. 네가 처음 시간 발작을 일으켰을 때 나는 네 눈을 통해 봤어. 네가 살면서 수많은 문을 열었다는 걸. 네가 세상을 향해 문을 열었을 때 그 세상은 아름다운 적도 있었지만 어둡고 힘들 때도 많았다는 것도 보았어. (…) 그러니까 말이야, 연두야, 난 이제 널 더 보고 싶어. 이제 문을 열어 주면 안 돼? (162쪽)

연두가 갇힌 채 아시아 여러 나라에서 겪었던 사건은 이미 기억이 완료된 채 연두에게 상처를 남긴 시간이며 아흔여섯 살이

된 연두의 모습 역시 결정되어 있는 미래다. 완료형과 미래형 사이에서 진행되는 현재의 시간, 연두가 문을 열고 나와서 만들어 나가야 할 미지의 공간만이 연두에게 허락된 시간이다. 태민의 시공간 역시 마찬가지다.

이 작품은 여러분이 만약 갇힌 공간에 있다면, 여러분의 귀에 들리지 않을지라도 누군가 문밖에서 끊임없이 노크하며 여러분을 부르고 있다고 이야기한다. 가장 사랑하는 친구의 손을 잡고 힘차게 문을 열면 갇힌 공간에서 열린 세상으로 나가 자신의 삶을 만들 수 있다고 태민의 목소리를 빌려 호소한다.

지금까지 6년을 이어 온 '한낙원과학소설상'이 자리잡기까지는 많은 분들의 수고가 바탕이 되었고 그 결과 다섯 편의 귀한 작품을 만날 수 있었다. 이 자리를 빌려 좋은 SF 문학을 읽을 수 있도록 애쓰는 모든 분들에게 감사드린다. 그리고 한낙원과학소설상에서 빼놓을 수 없는 한 분의 이름을 기억하고 싶다. 고(故) 김이구 선생님이다. 다섯 편의 작품을 읽으며 익힌 SF적 상상력으로 시간을 거슬러 선생님을 만나고 싶다. 아마도 나직한 목소리로 그러나 맑은 소년의 모습으로 다섯 작품의 의미를 짚으실 거다. 그리고 지금도 은하계 너머에서 한낙원과학소설상이 아동청소년 장르 문학의 산실로 자리매김하기를 응원하고 계실 것이다. SF는 이토록 웅장하고 따뜻하다.

오세란(청소년문학평론가)

우주의 집 **한낙원과학소설상 수상 작가 작품집**

2020년 7월 14일 1판 1쇄
2023년 11월 30일 1판 4쇄

지은이 최영희, 고호관, 윤여경, 문이소, 남유하

편집 김태희, 장슬기, 김아름, 이효진 **디자인** 김민해
제작 박흥기 **마케팅** 이병규, 이민정, 최다은, 강효원 **홍보** 조민희

인쇄 천일문화사 **제책** J&D바인텍

펴낸이 강맑실
펴낸곳 (주)사계절출판사 **등록** 제406-2003-034호
주소 (우)10881 경기도 파주시 회동길 252
전화 031)955-8588, 8558 **전송** 마케팅부 031)955-8595 편집부 031)955-8596
홈페이지 www.sakyejul.net **전자우편** literature@sakyejul.com
블로그 blog.naver.com/skjmail **페이스북** facebook.com/sakyejul
인스타그램 instagram.com/sakyejul_teen

ISBN 979-11-6094-672-7 44810
ISBN 978-89-5828-473-4 (세트)